NEW TOEIC

新制多益的
核心單字
850個

新多益最重要的
還是語彙能力！

多益是一種要求基本商業英文實力的測驗，因此它並非困難的測驗。多益中出現的語彙也大致侷限於商業英文與生活英文，在理解多益測驗的特性後學習語彙，能讓學習更具效率。舉例來說，associate 此一單字在一般考試中通常作為『聯合』的意思使用，在多益中則更常作為『職場同事』。House 不當作『家』使用，而是『收容』的意思；estimate 當作『估價單』使用的情況則高於『估計』的意思。

2018 年 3 月開始執行的新制多益與先前多益間的最大差異就是〝語彙力評價的強化〞。

在 LC 中參加對話的話者人數、慣用語增加，運用的視覺資料也增加了。在 RC 中出現許多必須在短時間內掌握文章脈絡解決的句子或短文，能輕易攻略的致勝方法就是依照各個主題、各個詞類學習語彙！

如果透過學習各個主題常出的語彙來累積實力，無論交談人數的多寡、在何種情況下交談都能迅速地掌握情況與內容，理解特定視覺資料中常出的語彙就能輕易分辨對錯。另外，若是能學習各個詞類的語彙累積實力的話，面對容易混淆的語彙、近義詞、反義詞、常出的慣用語時就不會驚慌失措，且能輕易並迅速地掌握短文的脈絡。面對同時具備實用性與速度感的新制多益時，致勝的秘訣就是學習各個主題、各個詞類的語彙。

本書只使用了以多益 730 分為目標的 850 個常考語彙，若是曾為了學習多益語彙而準備了一本厚重的書且讀到相當煩躁，或者是根本就直接打消念頭的話，建議可帶著輕鬆的心情研讀本書。本書中的代表語彙都有搭配各自的詞類變形單字、近義詞、反義詞，以及常出慣用語，這是為了讓讀者們在學習一個常出語彙時，就順便一起學習多個附加的語彙。因此，只要學習 850 個代表語彙，就能同時學會多上好幾倍的龐大量的單字。

本書將 850 個代表語彙分類為 32 個主題、125 組詞類 (名詞・動詞・形容詞 / 副詞)，各個主題的詞類以 6~8 個為一組，一天 5 組左右 (代表語彙 40 多個) 為最恰當的學習量。透過例句熟悉代表語彙，並連同附加語彙和句子一起背起來吧！記得運用發音讓耳朵熟悉各個語彙！每一頁上端的多益 Skill 問題是考古題的變化題型，請務必透過預習和複習解題！只要使用這種單位與方法學習，就能在 25 天內學會達到多益 730 分所需的語彙。

小巧輕便的 < 25 天搞定 NEW TOEIC 新制多益的 850 個核心單字 > 可隨身攜帶，在咖啡廳或通勤坐車的時候都能利用時間瀏覽，相信讀者們在不知不覺中就能學會多益的語彙。

Choi Seon-Ho,Claire Park

結構與特徵

分類為 32 個主題與 125 組詞類 (包含：名詞、動詞、形容詞 / 副詞)，每天帶著輕鬆喝 1 ～ 2 杯咖啡的心情學習 5 組，只要 25 天就能完成！

藉由多益實戰題累積實戰的臨場感吧！可以在背語彙前先嘗試解題，也能在背完語彙後解題。

可習得更有效率應對多益實戰的 Skill。

008
015

就業

名詞 2

The PA Media Groups hired 3 new employees who have outstanding accounting ＿＿＿＿ and placed them on the project team.
(A) experienced   (B) experience
(C) experiencing   (D) experiment

008
certificate
n. 執照，證書
v. **certify** 證明，保證
adj. **certified** 有保證的，公認的

The company may request a doctor's **certificate** to prove your health is good.
這家公司可能會要求醫師的 **診斷書** 來證明你的健康狀況是良好的。

009
experience
n. 經驗，體驗
v. **experience** 體驗，經歷

Our new accountants have years of accounting **experience**.
我們新的會計師有多年的會計 **經驗**。

010
achievement
n. 完成，成就
v. **achieve** 實現，完成

A great **achievement** demands years of trial and error.
一個偉大的 **成就** 需要多年的反覆試驗。

011
ability
n. 能力

Our sales team is looking for workers with strong interpersonal **ability**.
我們的銷售團隊正在尋找擁有極佳人際關係 **能力** 的工作夥伴。

---

❶ **(B) experience**
這個 PA 媒體團隊聘請了三位擁有傑出會計經驗的新員工，並將他們安置在企畫團隊。

accounting experience 的意思是「會計經驗」，屬於複合名詞。(D) experiment 實驗。

說明

n.　名詞 noun
v.　動詞 verb
adj.　形容詞 adjective
adv.　副詞 adverb
＝　近義詞
≠　反義詞
+　語句

Ms. Anita Wong has faced a number of challenges in her ＿＿＿ as vice president due to a series of policy failures.

(A) position　　　　(B) estimate
(C) submission　　　(D) package

005.
□ **requirement**

n. 必要條件，要求

v. **require** 要求

- meet the requirement 符合要求

Fluency in Spanish is a **requirement** of this job.
西班牙語流利是這份工作的 **必要條件**。

006.
□ **reference**

n. 參考，提及

v. **refer** 提到

- a letter of reference 推薦信
  with[in] reference to - 參考

I'm pleased to write you a letter of **reference**.
我很高為您寫 **推薦信**。

007.
□ **résumé**

n. 履歷表

Please submit your **résumé** and cover letter for our review.
請提交您的 **履歷表** 和求職信以供我們審核。

❷　(A) position

Anita Wong 因為一連串決策失敗，導致她身為副總經理的職務面臨許多困難。

as vice president 為尋找答案的線索，屬於副總經理「職責」的 position 最為恰當。(B) estimate 估價單，(C) submission 提交物，(D) package 包裝物。

代表語彙

先確認提示的代表語彙。由於各主題的詞類有 6~8 個左右的代表語彙，可以試著邊聯想邊背。接下來再確認和代表語彙一起提示的近義詞、反義詞及語句。

目錄

TOEIC

就業

名詞1

1 When seeking to hire employees, employers prefer to interview _____ with at least 5 years of experience in a related field.

(A) applications   (B) candidates

(C) proposal   (D) assistance

001

☐ # applicant

n. 申請人，求職者

v. **apply** 申請，請求
n. **application** 應用，申請書

All **applicants** have already submitted two letters of reference.

所有的 **申請人** 已經提交有關會議的兩封信件。

002

☐ # application

n. 應用，申請書

v. **apply** 申請，請求
n. **applicant** 申請人，求職者

I'll review your job **application** and call you soon.

我會審核你的求職 **申請書** 然後盡快打電話給你。

003

☐ # candidate

n. 候選人，應試者

= applicant 求職者

Alice Hong is the most ideal **candidate** for the job.

Alice Hong 是這份工作最理想的 **候選人**。

004

☐ # position

n. 位置，職位

v. **position** 安置

+ offer a position 提供一個職位
apply for a position 申請一個職位

The manager thinks Mr. Lee is the right person for the **position**.

經理認為李先生是適合這個 **職位** 的人。

聽測 Skill

❶ / (B) candidates

當尋找求聘員工時，老闆們比較偏好面試在相關領域至少有五年經驗的應試者。

interview 是尋找解答的線索，因為答案是『面試』，受詞的位置應該放人物的名詞，只有 candidates 是人物名詞。(A) applications 申請書，(C) proposal 提案書，(D) assistance 協助。

Ms. Anita Wong has faced a number of challenges in her _____ as vice president due to a series of policy failures.

(A) position   (B) estimate

(C) submission   (D) package

005

☐ **requirement**

n. 必要條件，要求

v. **require** 要求

+ meet the requirement 符合要求

Fluency in Spanish is a **requirement** of this job.

西班牙語流利是這份工作的 **必要條件**。

006

☐ **reference**

n. 參考，提及

v. **refer** 提到

+ a letter of reference 推薦信
  with[in] reference to - 參考

I'm pleased to write you a letter of **reference**.

我很高為您寫 **推薦信**。

007

☐ **résumé**

n. 履歷表

Please submit your **résumé** and cover letter for our review.

請提交您的 **履歷表** 和求職信以供我們審核。

---

❷ / **(A) position**

Anita Wong 因為一連串決策失敗，導致她身為副總經理的職務面臨許多困難。

as vice president 為尋找答案的線索，屬於副總經理『職責』的 position 最為恰當。(B) estimate 估價單，(C) submission 提交物，(D) package 包裝物。

1 The PA Media Groups hired 3 new employees who have outstanding accounting _____ and placed them on the project team.

(A) experienced
(B) experience
(C) experiencing
(D) experiment

008

☐ # certificate

n. 執照，證書

v. **certify** 證明，保證
adj. **certified** 有保證的，公認的

The company may request a doctor's **certificate** to prove your health is good.
這家公司可能會要求醫師的 **診斷書** 來證明你的健康狀況是良好的。

009

☐ # experience

n. 經驗，體驗

v. **experience** 體驗，經歷

Our new accountants have years of accounting **experience**.
我們新的會計師有多年的會計 **經驗**。

010

☐ # achievement

n. 完成，成就

v. **achieve** 實現，完成

A great **achievement** demands years of trial and error.
一個偉大的 **成就** 需要多年的反覆試驗。

011

☐ # ability

n. 能力

Our sales team is looking for workers with strong interpersonal **ability**.
我們的銷售團隊正在尋找擁有極佳人際關係 **能力** 的工作夥伴。

---

❶ / **(B) experience**
這個 PA 媒體團隊聘請了三位擁有傑出會計經驗的新員工，並將他們安置在企畫團隊。

accounting experience 的意思是『會計經驗』，屬於複合名詞。(D) experiment 實驗。

We will take every measure to resolve any complaints in a timely _____ and to give customers full satisfaction.

(A) decline
(B) courtesy
(C) manner
(D) measurement

012
☐ **attitude**

n. 看法，態度

A positive **attitude** leads to success.
積極的 **態度** 會導致成功。

013
☐ **manner**

n. 方式，禮儀

You should respond in a confident **manner** during a job interview.
在工作面試時，你應該以有自信的 **方式** 來回應。

014
☐ **attraction**

n. 吸引力，魅力

v. **attract** 吸引，具有吸引力
adj. **attractive** 有吸引力的

Most of the applicants hold little **attraction** for the interviewers.
大部分的求職者對面試官沒什麼 **吸引力**。

015
☐ **training**

n. 培養，訓練

n. **trainee** 練習生，實習生
v. **train** 訓練，進行鍛鍊

All employees will be offered **training** on the new software.
將會為所有員工提供有關新軟體的 **培訓**。

---

❷ / **(C) manner**

我們將採取一切措施，及時解決任何投訴，並讓客戶完全滿意。

記得 in a timely manner 為『及時』的慣用語！慣用語不能隨便加入其他單字。(A) decline 減少，(B) courtesy 禮貌，(D) measurement 測量。

就業

動詞

1 I would like to _____ for the truck driver job at Corn Tran that you advertised in last Saturday's local magazine.

(A) reject   (B) access

(C) exceed   (D) apply

016
☐ # apply

v. 應用，申請

n. **application** 應用，申請書
applicant 求職者
adj. **applicable** 可應用的，合適的

To **apply** for the manager position, you need an MBA degree.
為了 **申請** 經理職位，你需要 MBA 學位。

017
☐ # recommend

v. 推薦，建議

n. **recommendation** 推薦，勸告
+ **be strongly recommended** 被強烈地推薦

Companies want applicants **recommended** by a local government.
公司行號都想要由當地政府 **推薦** 的求職者。

018
☐ # interview

v. 面試

n. **interview** 訪談
interviewer 面試官
interviewee 受訪者

The CEO will **interview** the candidates applying for the branch manager position himself.
執行長將親自面試 **申請** 分行經理職務的求職者。

019
☐ # appeal

v. 有吸引力，求助

= **attract**
+ **appeal to** + 原形動詞 吸引

Only one candidate **appealed** to the hiring director.
只有一位應試者 **吸引** 招聘總監。

---

❶ / **(D) apply**

我想應徵你們上週六在當地雜誌刊登廣告的 Corn Tran 公司的卡車司機工作。

apply for 是『申請～』的意思，另外三個全都是及物動詞，不會和介系詞一起使用。
(A) reject 拒絕，(B) access 接近，(C) exceed 超過。

2 T&A Moon Event has decided to _____ more sales representatives to prepare for the upcoming New Year's celebrations.

(A) comply   (B) express

(C) announce   (D) hire

---

020 ☐

hire

v. 聘請

= employ 雇用

The personnel manager was instructed to **hire** someone to fill the vacancy.
人事部經理收到指示 **聘請** 某人來填補這個職缺。

021 ☐

employ

v. 雇用

n. **employment** 雇用
   employer 老闆
   employee 員工

= hire 聘請
≠ fire, lay off, dismiss

Companies are reluctant to **employ** lawyers demanding a high salary.
公司行號都不願意以高薪 **聘請** 律師。

---

❷ / **(D) hire**

T&A Moon Event 已經決定聘請更多銷售代表來準備即將到來的新年慶典。

Hire『雇用』適合填入空格，(B) 為『表達』的意思，(C) announce 後面是『介系詞 to + 人物』，所以作為『向～發表』的意思。

就業

形容詞/
副詞 1

1

After carefully interviewing some highly _____ applicants, we agreed to offer Mr. Lang Ace a position as sales director.

(A) reduced

(B) disposable

(C) qualified

(D) affordable

022

☐ **qualified**

adj. 有資格的，合格的

n. **qualification**
v. **qualify** 有資格

= **certified** 有保證的，公認的

Only those **qualified** for the job can apply.

只有那些針對這份工作 **符合資格的** 人可以申請。

023

☐ **professional**

adj. 職業的，專業的

n. **professional** 專業人員
   profession 專業
adv. **professionally** 專業地，內行地

We hired Aida Lee, who is a **professional** public speaker.

我們聘請 Aida Lee，她是位 **專業的** 發言人。

024

☐ **experienced**

adj. 有經驗的，熟練的，有經驗的

≠ **inexperienced** 不熟練的，無經驗的

Employers need **experienced** employees when trying to start a new business.

當嘗試開始一份新事業時，老闆們需要 **經驗豐富的** 員工。

025

☐ **energetic**

adj. 精力旺盛的，有活力的

n. **energy** 活力，能量

The fitness center employs **energetic** trainers at all times.

這家健身中心聘請總是 **充滿活力的** 教練。

---

❶ / (C) qualified

在仔細面談一些有高度經驗的求職者之後，我們同意給予 Lang Ace 先生銷售總監的職位。

這是修飾 applicants（申請人）的形容詞的位置，qualified（具備資格）才是正確選項。其他選項皆為形容詞，但意思並不恰當。(A) reduced 減少的，(B) disposable 一次性的，(D) affordable 承擔得起。

2 Mr. Rogan is _____ for inspecting the incoming products delivered from local farm businesses and overseeing the overall distribution tasks.

(A) responsibly
(B) responsibility
(C) responsible
(D) respond

026
□ # responsible

adj. 有責任的，可靠的

n. **responsibility** 責任感

+ be responsible for -

The planning manager is **responsible** for organizing the shareholders' meeting.
這位企劃經理 **負責** 安排股東們的會議。

027
□ # patient

adj. 有耐心的

n. **patience**
patient 病人

Those who look **patient** are preferred by recruiters.
那些看起來 **有耐心的** 人是招聘人員的首選。

---

❷ / **(C) responsible**
Rogan 先生負責檢查從當地農場企業交付的產品，並監督整體配送工作。

beresponsiblefor 為『對～有責任、負責～』的意思。be 動詞後面的主詞補語位置放了形容詞，(A) responsibly 責任地（副詞），(B) responsibility 責任（名詞），(D) respond 回答（動詞）。

就業

形容詞/
副詞 2

①

The Watch Eye Business Review is ＿＿＿ critical of our new laptop series, M505 Top, because of its unstable battery system.

(A) high

(B) highly

(C) hard

(D) hardly

028
☐ **notable**

adj.顯著的，著名的，值得注意的

There was a **notable** job seeker at the job fair.
在人才招募展中有的 **值得注意的** 求職者。

029
☐ **highly**

adv.高度地，非常

+ highly＋recommended / qualified / profitable
非常推薦合法的營利

Mr. Lee is one of the **highly** educated employees.
李先生是受過 **高等** 教育的員工之一。

030
☐ **diligent**

adj.勤勉的

adv.**diligently** 勤勉地

All employees who are working here are **diligent** and motivated.
在這裡工作的所有員工都很 **勤勞** 且積極。

031
☐ **attractive**

adj.有吸引力的，迷人的

v. **attract** 吸引

He is happy with the **attractive** proposal.
他對於這個 **吸引人的** 提議很開心。

解題
Skill

❶ / **(B) highly**
由於電池系統不穩定，The Watch Eye Business Review 對我們新的筆記型電腦系列 M505 Top 有強烈的批評。

這是修飾形容詞 critical 的副詞的位置。
(C) hard（努力）與 (D) hardly（幾乎不～）皆為副詞，但從意思來看卻無法成為答案。(A) high（高的 / 極度的）為形容詞。

2 The _____ candidate must have a minimum of four years of previous work experience as an accounting manager and have a related diploma.

(A) exciting (B) ideal

(C) improbable (D) reluctant

032
ideal

adj.理想的

= perfect 完美的
+ be ideal for 理想的

This job is **ideal** for accountants.
這份工作對於會計人員是 **理想的**。

033
impressed

adj.印象深刻的，了不起的

The hiring director was deeply **impressed** with his excellent expertise.
這位招聘總監對於他的傑出專長 **印象深刻**。

---

❷ / (B) ideal
理想的候選人必須有至少四年的會計經理工作經驗以及相關的文憑。

(A) exciting (興奮的) 是無法修飾人物的形容詞，(C) improbable (難以置信)，(D) reluctant (厭惡的) 皆為形容詞，但意思上不符合文義。(B) ideal (理想的) 最恰當。

1 Customers must register their new product online so that they can have _____ to the technical support information updated weekly.

(A) estimate

(B) decision

(C) response

(D) access

034

☐ # permission

n. 允許，許可

n. **permit** 允許
v. **permit** 答應

= approval 同意
≠ prohibition 禁止

Without **permission**, you can't use a meeting room.
未得 **允許**，你不能使用會議室。

035

☐ # approval

n. 批准，贊成

v. **approve** 同意

= permission 允許
≠ prohibition 禁止

We are waiting for the CEO's **approval**.
我們正在等待執行長的 **批准**。

036

☐ # access

n. 接近，進入，入口

n. **accessibility** 可以得到
v. **access** 使用，接近
adj. **accessible** 易接近的，可理解的

+ have access to 可以利用

Only managers have **access** to customer information.
只有經理 **可以使用** 顧客的資料。

037

☐ # effect

n. 影響，效果，印象

v. **effect** 產生，引起，導致 (效果)
adj. **effective** 有效的
adv. **effectively** 有效的

+ in effect 實際上，有效
come into effect 生效
have an effect on 對…有影響

The new dress code will be in **effect** starting from September 1.
新的著裝標準將在九月一日開始 **生效**。

---

❶ / (D) access

顧客們必須在網路上註冊新產品，如此他們才能得到每週更新的技術支援資訊。

have access to + 名詞的意思是『具備接近～的權限』。
(A) estimate 估價單，(B) decision 決定，
(C) response 回答。

2 The construction of the new employee cafeteria is not complete so please continue to use the old one until further _____ .

(A) notify   (B) notice

(C) inform   (D) explain

038

☐ # notice

n. 注意，通知

n. **notification** 通知，告示
v. **notify** 通知，告示
adj. **noticeable** 顯而易見的

Until further **notice**, do not use the main parking lot.
在進一步的 **通知** 之前，請勿使用主要停車場。

039

☐ # personnel

n. 人事部門，員工，全體職員

+ sales personnel 銷售人員

Administrative **personnel** must attend the new software training.
行政部門的 **職員** 必須參加這個新軟體的訓練。

---

❷ / **(B) notice**

新的員工餐廳的建設尚未完成，請繼續使用舊的，直到更進一步通知為止。

空格是受形容詞 further 修飾的名詞的位置。
until further notice 的意思是『直到～公告』。
(A) notify 公告，(C) inform 通知，(D) explain 說明。

公司
政策

動詞1

①

This airline's VIP coupon _____ passengers to upgrade their seats from economy class to business class for a nominal fee.

(A) elects   (B) grants

(C) proceeds   (D) allows

040

☐ # permit

v. 允許

n. **permit** 允許
permission 許可

= **allow** 允許，**approve** 同意
≠ **prohibit**・**forbid** 禁止
+ **be permitted to** 被允許做 -

All employees are **permitted** to take sick leave.
所有的員工都被 **允許** 可以請病假。

041

☐ # approve

v. 贊成，同意

n. **approval** 批准
adj. **approved** 被認可的

+ **approve a request** 批准請求
approve a plan 批准一個計劃

The management has finally **approved** the expansion plan.
董事會最後 **贊成** 這個擴展計畫。

042

☐ # allow

v. 允許，准許

n. **allowance** 零用錢，津貼，限額
adj. **allowed** 容許的，允許的

Please **allow** me 5 vacation days.
請 **允准** 我有五天的假期。

043

☐ # prohibit

v. 禁止

n. **prohibition** 禁止

= **forbid** 禁止
+ **prohibit A from ~ing** 禁止 A 遠離 -

The company **prohibits** staff from smoking within the building.
這家公司 **禁止** 員工在建築物內吸菸。

---

❶ / (D) allows

這家航空公司的 VIP 優待券允許乘客只需象徵性費用，即可從經濟艙升等至商務艙。

allow + A + to 不定詞為第 5 種句型公式，意思是『同意讓 A 進行～』。只要熟悉此一句型就能在短時間內解題。

(A) elects 推選，(B) grants 同意，(C) proceeds 進行。

2 Please _____ Mr. Gomez that a client has arrived and will be in Meeting Room B until he finishes the presentation.

(A) notify   (B) accept

(C) ship   (D) announce

044
☐
restrict

v. 限制，約束

n. restriction 限制

= **limit** 限制，限度

+ **restrict A to B** 限制 A 遠離 B

Restricting employees' work shifts will result in their complaints.
限制 員工們的輪班將導致他們的抱怨。

045
☐
violate

v. 違反

n. violation 違背

Those **violating** company rules may be penalized.
那些 **違反** 公司規定的人會被予以懲罰。

046
☐
notify

v. 通知，告知

n. notification 通知

= **inform** 通知，告知

Please **notify** your supervisor if your address has been changed.
如果你的地址有更改請 **告知** 你的主管。

---

❷ / (A) notify

請通知 Gomez 先生，有位客戶已經抵達且將在會議室直到他完成報告。

這是 notify + A + that 段落的句型，意思是『告訴 A ～某件事』。(B) accept 承認，(C) ship 船隻運送，(D) announce 發表。

公司
政策

動詞2

Last year the personnel department _____ revised hiring procedures to reduce the unnecessary cost and time.

(A) conducted

(B) implemented

(C) reminded

(D) installed

047

regulate

v. 控制，管理

n. **regulation** 規則，規章

The company **regulates** access to using a database.
這家公司 **管理** 使用資料的存取。

048

implement

v. 實施，執行

n. **implementation** 履行

= carry out, execute 完成
+ implement a plan 實施一項計畫
  implement measures 實施方法

AK.Com has decided to **implement** an innovative marketing plan.
AK.Com 公司已經決定 **實施** 一項創新的行銷計畫。

049

explain

v. 解釋

n. **explanation** 解釋，說明

Employees must be able to **explain** to their managers frequent absences.
員工們必須向他們的經理 **解釋** 頻繁缺席的原因。

050

delete

v. 刪除

adj. **deleted** 刪除

Delete confidential information after use.
使用過後 **刪除** 機密資訊。

---

❶ / (B) implemented

去年，人事部門實施了修訂的聘用程序來減少不必要的開銷及時間。

意思為『執行』的 implement 常和 the plan/policy/procedure/regulation 等的受詞搭配出題。
(A) conducted 進行 (特定活動)，(C) reminded 提醒，
(D) installed 安裝。

2 BF Industry CEO instructed a marketing manager to submit a report that closely _____ trends in the world food business market.

(A) follows   (B) conforms

(C) denies   (D) results

---

051 ☐

follow

v. 跟隨，遵循，領會

adj. **following** 下列的
prep. **following** 在…以後

Just **follow** your manager's directions.
就遵照你們經理的指示。

052 ☐

deny

v. 否認，拒絕給予

n. **denial** 否認，拒絕給予
adj. **deniable** 可拒絕的

If **denied** access to the information, enter your employee ID number.
如果存取資料被拒絕，輸入你的員工編號。

---

❷ / (A) follows

BF Industry 執行長指示一位行銷經理提出有關全球食品行業最近的發展趨勢。

follow trends 的意思是『發展趨勢』。(B) conforms (依照規則)，(D) results (造成～) 為不及物動詞，後面接受詞時需要介系詞。(C) denies (拒絕) 與句子的意思不符。

公司
政策

形容詞/
副詞

Developing new medicines that are both _____ and safe is a top priority for pharmaceutical companies.

(A) effects
(B) effective
(C) effectively
(D) effect

053

☐ # accessible

adj. 可進入的，可得到的

- n. **access** 接近，進入
- v. **access** 使用
- + **make A accessible to B** 讓 B 取得 A
  accessible by + 交通 搭乘…可抵達

Parking Lot B is not **accessible** to night shift workers.
夜班員工無法 **進入** B 停車場。

054

☐ # effective

adj. 有效的，實際的，起作用的

- adv. **effectively** 有效地

  = **efficient** 有效率的，**valid** 有效的

The rules **effective** today apply only to managers.
今日 **生效** 的這些規則只適用於經理。

055

☐ # specific

adj. 明確的，特殊的

- n. **specifics** 細節
- adv. **specifically** 明確地，特別地

Specific business proposals will be accepted.
明確的 商業提議將被接受。

056

☐ # formal

adj. 正式的

≠ **informal** 非正式的

Formal attire is our department's dress code.
正式的 服裝是我們部門的著裝規範。

---

❶ / (B) effective

發展出兼具有效且安全的新藥是製藥公司首要的要求。

both A and B (A 與 B 兩者全都) 當中的 A 與 B 接相同的詞類。由於 safe 是形容詞，空格也必須放形容詞。
(A) effects 影響 (名詞)，(C) effectively 有效地 (副詞)，(D) effect 帶來～的結果 (動詞)。

2 Because Mr. Gomez is Chief Executive Officer, he has access to _____ company reports.

(A) confidential   (B) interested

(C) excited   (D) satisfied

---

properly

adv.適當地，正確地

adj. **proper** 適當的，正確的

+ operate properly 適當地操作

If not **properly** paid, you must contact the accounting team.
如果沒有 **全額** 付費，你必須聯繫會計組。

confidential

adj.機密的，保密的

n. **confidentiality** 機密
adv. **confidentially** 祕密地

= secret, classified 祕密的

Confidential documents must be kept safe.
機密的 文件必須被安全的保存。

---

❷ / **(A) confidential**

因為 Gomez 先生是行政主任，所以他可取得公司機密的報告。

confidential report (機密報告) 為常見的用語，一定要記住！其他則是表達情感的分詞，放在事物前使用時必須是現在分詞 (-ing 形態)。

Our _____ will assist you by text messages around the clock and if necessary, they can visit your home to address the issue.

(A) represent　　　　(B) represented

(C) representation　　(D) representatives

公司
組織
名詞

059
☐ # headquarters
n. 總部

Our **headquarters** will be relocated to London.
我們的 **總部** 將搬遷到倫敦。

060
☐ # representative
n. 代表，典型，眾議員

v. **represent** 代表

+ **sales representative** 銷售代表，推銷員

Please contact our **representative**, if you require any assistance.
如果你需要任何協助，請聯繫你的 **代表**。

061
☐ # director
n. 主管，主任，董事

n. **direction** 指導，方向
v. **direct** 指導，指揮
adj. **direct** 直接的，直系的

+ **the board of directors** 董事會

Directors are required to be available for frequent business trips.
主管們 被要求必須能經常性的出差。

062
☐ # committee
n. 委員會

The management set up a safety **committee**.
這個董事會成立了一個安全 **委員會**。

解題
Skill

❶ / **(D) representatives**
我們的員工將全天候地以訊息協助您，如有必要，他們可以造訪您的住所來解決問題。

由於是所有格後方名詞的位置，(C) representation 作為～代表（名詞）和 (D) representatives（職員們）皆可放入，但從意思上來看時，(D) 為正確答案。
(A) represent 代表～（動詞），represented 表現，表示（過去分詞形容詞）。

2 It is advisable that you think carefully about all the possible outcomes of site relocation before making your _____ .

(A) decides
(B) decided
(C) decision
(D) deciding

063
□ # leadership

n. 領導，領導才能

The new sales manager will lead our team with **leadership**.
新的銷售經理將以 **領導才能** 帶領我們的團隊。

064
□ # decision

n. 決定，決心

v. **decide** 決定，抉擇
adj. **decisive** 決定性的，果斷的

+ **make a decision about** 做有關⋯的決定

The use of company funds must be the CEO's **decision**.
公司基金的使用一定是執行長的 **決定**。

065
□ # intention

n. 目的，意圖

v. **intend** 打算
adj. **intentional** 故意的

+ **have no intention of -ing**
沒有意圖做⋯事
have every intention of -ing
沒有意圖做⋯事

Supervisors praised employees' **intention** to reduce operating costs.
主管們讚美員工們的減少經營開銷的 **用意**。

---

❷ / **(C) decision**
建議在做決定之前，仔細思考所有有關於新地點可能的結果。

所有格後方必須放名詞，(C) 是正確選項。這一題只要知道片語 make a decision (決定) 就能輕易解題。其他則是動詞 decide 的型態變化。

1

All employees are _____ to follow the following additional measures to ensure safety at the workplace.

(A) enabled (B) arrived

(C) advised (D) proceeded

066

□ # represent

v. 代表

n. **representation** 陳述
representative 代表

= speak for 發言

The IT sector **represents** our company.
這個 IT 部門 **代表著** 我們公司。

067

□ # advise

v. 給予建議，忠告

n. **advice** 建議 **advisor**

+ advise A to do 勸告 A 去做
advise A on B 提供 A 有關 B 方面的建議

The planning team **advises** the other departments on new business trends.
企劃團隊 **提供** 其他部門有關新的商業趨勢的 **建議**。

068

□ # shift

v. 改變，輪班

n. **shift** 輪班

To **shift** any members on your current team, you must speak to your immediate supervisor.
要 **更換** 你們目前團隊的任何成員，你必須跟你的直屬主管說明。

069

□ # vote

v. 投票

n. **vote** 選票
voting 選舉
voter 投票人

Karl Donald was **voted** our new CEO.
Karl Donald 被 **票選** 為我們新任的執行長。

---

❶ / (C) advised

建議所有員工遵循以下額外措施，以確保工作場所的安全。

be advised to 不定詞句型意思是『建議做 - 』，其他動詞無法成為被動語態。(A) enabled 使～可能，(B) arrived 抵達，(D) proceeded 進行。

2 Ever since last year, we have _____ on OPPK consulting group in London for particular knowledge and expertise.

(A) postponed   (B) relied

(C) assessed   (D) fixed

070

☐ # rely on

v. 依賴,依賴

＋ depend on、count on 依靠

Our annual revenue **relies on** London branch's sales volume.

我們每年的收入 **仰賴** 倫敦分行的銷售量。

071

☐ # appear

v. 出現,登場

n. **appearance** 外表

≠ disappear 消失

＋ appear in court 出庭

The CEO rarely **appears** at a staff assembly.

執行長很少 **出現** 在職員集會。

---

❷ / (B) relied

自從去年開始,我們仰賴倫敦 OPPK 顧問集團提供獨特的知識和專業技術。

rely on 是『依賴~』的意思,其他動詞則是後面不需要介系詞的及物動詞。(A) postponed 延期,(C) assessed 評論,(D) fixed 修理。

① Marketing manager Chris Chan is _____ working on a new business project with members of the design team.

(A) lately
(B) currently
(C) recently
(D) previously

072

□ # **executive**

adj. 執行的，經營的

Executive decisions are made from shareholders' meetings.
經營 決策是由股東會議決定的。

073

□ # **productive**

adj. 多產的

adv. **productively** 多產地

The CEO wants a **productive** meeting to be held on a weekly basis.
執行長想要每週開一次 **富有成效的** 會議。

074

□ # **currently**

adv. 近期地

adj. **current** 最近的，現在的

+ currently + available / closed
近期有空的 / 封閉的

The sales team is **currently** being reorganized.
銷售團隊 **最近** 正在重整中。

075

□ # **temporarily**

adv. 暫時地

adj. **temporary** 暫時的

≠ permanently 永久地

Mr. Lee has been **temporarily** appointed as an accounting manager.
李先生 **暫時** 被指任為會計經理。

---

① / **(B) currently**
行銷經理 Chris Chan 最近和設計團隊的成員致力於新的商務計畫。

代表現在進行式的 be 動詞與現在分詞之間可放副詞，其他的則是和代表現在時態不符的副詞。
(A) lately 最近，(C) recently 近來，
(D) previously 先前。

The Golden Bridge is _____ closed due to the annual safety check and needed renovation work.

(A) conveniently (B) permanently

(C) responsibly (D) temporarily

076

intentionally

adv.刻意地，策畫地

The two teams were **intentionally** combined by the board of directors.
這兩個團隊由董事會 **策畫** 合併。

077

loyal

adj.忠心的

n. **loyalty** 忠誠，忠實

+ loyal customer 忠實客戶

Those both **loyal** and intelligent are needed at our headquarters.
那些 **忠誠** 且聰明的人是我們總部需要的人才。

---

❷ / **(D) temporarily**

因為年度的安全檢驗及必要的維修工程，Golden Bridge 暫時關閉。

代表被動語態的 be 動詞與過去分詞之間可放副詞。從意思上來看，(D) 為正確的選項。(A) conveniently 方便地，(B) permanently 永久地，(C) responsibly 負責地。

To set up audiovisual _____ in auditoriums is one of the main duties that event team members are doing.
(A) approval
(B) equipment
(C) inauguration
(D) estimate

事物
環境

名詞

078

equipment

n. 裝備，器材

v. **equip** 裝備

+ office equipment 辦公室設備

We need room for new copy **equipment**.
我們需要空間放影印 **設備**。

079

warehouse

n. 倉庫

The building will be used as a **warehouse**.
這棟建築物將被用作 **倉庫**。

080

circumstance

n. 環境，情況

+ in any circumstances、under no circumstances 在任何情況下

We must trust our CEO in any **circumstances**.
在任何 **情況** 下我們必須相信我們的執行長。

081

hallway

n. 走廊

This **hallway** leads to the company cafeteria.
這個 **走廊** 通往公司的自助餐廳。

解題
Skill

❶ / (B) equipment
在禮堂裝配視聽設備是活動團隊成員正在執行的主要職責之一。

記得 Audio visual equipment 是『視聽器材』的意思！
(A) approval 贊同，(C) inauguration 開始，
(D) estimate 估價單。

2 Performers wishing to use the central _____ must make a reservation early and pay a venue rental fee totaling $200 for a day.

(A) audio

(B) auditor

(C) auditorium

(D) audition

---

082 ☐ # aisle

n. 走道

Use this **aisle** to get to the main entrance.

利用這條 **走道** 就能到達主要的入口。

083 ☐ # auditorium

n. 禮堂

The **auditorium** was reserved for the annual awards ceremony.

這個 **禮堂** 為年度頒獎典禮所保留。

---

❷ / **(C) auditorium**

表演者們想要使用中央禮堂必須提早預約，且支付每天兩百元的會場租金。

venue rental fee 場所租貸費為答案的線索，意思上屬於場所的是 (C)。(A) audio 錄音的，(B) auditor 會計、稽核員，(D) audition 試鏡。

① Anyone who has outstanding work experience and _____ in marketing can take over the previous marketing manager's role.

(A) expertise
(B) replacement
(C) receipt
(D) removal

084

□ # expert

n. 專家

adj. **expert** 熟練的，內行的
adv. **expertly** 熟練地，巧妙地

= expertise 專業技術，專業知識

Mr. Bagley is an **expert** in M&A.
Bagley 先生是併購方面的 **專家**。

085

□ # expertise

n. 專業技術，專業知識

= expert 專家

His **expertise** is a big asset to our team.
他的 **專業技術** 是我們團隊最大的資產。

086

□ # responsibility

n. 責任，職責，義務

adj. **responsible** 負責任的

One of his main **responsibilities** is to inspect the building.
他的主要 **職責** 之一是檢查這棟建築物。

087

□ # efficiency

n. 效率，功效，效能

adj. **efficient** 效率的
adv. **efficiently** 有效率地

= effectiveness
≠ inefficiency 沒有效率
+ office / energy efficiency
  辦公室 / 節能

We always consider ways to improve work **efficiency**.
我們總是在思考提升工作 **效率** 的方法。

---

❶ / **(A) expertise**

任何有傑出工作經驗及具有行銷專業知識的人，可以接管先前行銷經理的職位。

與 outstanding work experience 形成對立的 expertise 為最正確的選項，其他選項與內容不符。
(B) replacement 替代，(C) receipt 收據，
(D) removal 除去。

For _____ reasons, even authorized staff cannot access this restricted area without permission.

(A) resignation (B) appointment

(C) retirement (D) security

088

☐ **progress**

n. 前進，進步，發展

adj. **progressive** 有進展的
adv. **progressively** 有進展地

The meeting on new company rules is in **progress**.
關於新的公司規定的會議正在 **進行** 中。

089

☐ **security**

n. 安全，保證，證券

adj. **secure** 安全的，必定的

For **security** reasons, please turn all computers off before you leave the office.
基於 **安全** 理由，在你離開辦公室之前請將所有的電腦關機。

090

☐ **report**

n. 報告，報導，傳聞

v. **report** 報告，報導
adj. **reportable** 可報告的，值得報導的

+ annual report 年度報告
  budget report 預算報告

All **reports** should be written briefly and precisely.
所有的 **報告** 都應該簡短及精確地寫下來。

091

☐ **deadline**

n. 最後期限，截止期限

The **deadline** for the report has been extended.
該報告的 **截止日期** 已延長。

---

❷ / (D) security
基於安全考量，即使是有授權的員工未經許可也不能進入禁區。

記得 for security reasons 的意思是『基於安全考量』！
(A) resignation 辭職，(B) appointment 指名，
(C) retirement 退休

業務

動詞1

Employees who have not yet enrolled in a training session regarding company security policy are _____ to do so promptly.

(A) instructed   (B) offered

(C) given   (D) granted

092

□ **supervise**

v. 指導，管理

I was hired to **supervise** the orientation for new recruits.
我被聘請來 **指導** 新進職員的訓練。

093

□ **direct**

v. 指導，指揮

n. **direction** 方向，指導
director 主管，導演
adv. **directly** 直接地，立即

Could you **direct** our clients to the meeting room?
能否請你 **引導** 我們的客戶到會議室？

094

□ **lead**

v. 帶領，領導，指揮

adj. **leading** 主要的

+ **lead to** 導致

The manager, Mr. Kim, will **lead** the discussions on new marketing campaign.
經理 Kim 先生，將 **領導** 關於新行銷活動的討論事項。

095

□ **instruct**

v. 命令，吩咐

n. **instruction** 指令
instructor 指導員

The CEO **instructed** me to hire three more managers.
執行長吩咐再我聘請三位經理。

---

❶ / **(A) instructed**
尚未登記公司安全策略培訓課程的員工被指示盡快登記。

be 動詞後面必須放代表被動語態的過去分詞，從意思上來看，(A) instructed (指示) 最正確，牢記 be instructed to 不定詞 (收到指示做 -) 的句型！
(B) offered 提供，(C) given 贈予，(D) granted 認同。

Please _____ this feedback from our customers before sending it to the CEO at the head office.

(A) hire   (B) full

(C) pack   (D) review

096

organize

v. 組織，安排，編組

n. **organization** 組織，機構
organizer 組織者，發起人

+ organize a committee 組織一個委員會
organize one's thoughts 組織一個人的想法

She is busy **organizing** shareholders' meetings.
她正忙於 **安排** 股東們的會議。

097

coordinate

v. 協調

n. **coordination**
coordinator 協調者，協調器

Coordinating delivery schedules is my main duty.
協調 運送的行程表是我主要的職責。

098

conduct

v. 引導

+ conduct a seminar 指導研討
conduct an inspection 指導一項視察

Conducting a survey is also deemed an important task.
實施 調查也被視為一項重要的任務。

099

review

v. 複審，檢閱

n. **review** 複習，回顧

Please **review** the sales report and correct any errors.
請 **查看** 這份銷售報告並且更正錯誤。

---

❷ / **(D) review**

將顧客回饋資訊交到總公司執行長前請先檢視。

review (檢討 -) 常和受詞 report/resume/ feedback/ proposal (報告書 / 履歷表 / 反饋 / 提案書) 等一起出題。
(A) hire 雇用，(B) full 充滿，(C) pack 包裝。

業務

動詞2

1 The public relations manager _____ employees that the venue of this staff picnic has been changed.

(A) suggested (B) explained

(C) reminded (D) expressed

100
☐ **assist**

v. 幫助，協助

n. **assistant** 助理，助手
assistance 幫助，援助

+ assist with 協助

Mr. Kim will be transferred to our Rome branch to **assist** a new manager.
Kim 先生將調任到我們羅馬分行來 **協助** 新任的經理。

101
☐ **remind**

v. 想起，提醒

n. **reminder** 催單，提醒者

+ remind + 人物 + of 內容 / that
提醒某人某事
remind + 人物 + to do
提醒某人去做某事

It is advisable to **remind** staff of important schedules.
建議 **提醒** 員工重要的行程表。

102
☐ **admit**

v. 承認，允許

n. **admission** 承認，進入許可

Members not having shares are not **admitted** to this evening's meeting.
沒有股份的成員不 **允許** 參加今晚的會議。

103
☐ **select**

v. 挑選，選擇

n. **selection** 選擇，挑選

We will **select** five candidates to be sent to headquarters.
我們將 **挑選** 出五位候選人派去總公司。

---

❶ / **(C) reminded**

公關經理提醒員工，這次員工野餐的場地已經改變。

由於是『remind + 人物 + that 段落』的句型，是『讓 - 回想起』的意思。其他動詞無法以這樣的結構使用。
(A)suggested 提案，(B) explained 說明，
(D) expressed 表現。

To be eligible for a full reimbursement, your business trip report must be _____ and accompanied by all receipts.

(A) submitted   (B) submit

(C) submitting   (D) submits

104
☐ # complete

v. 完成，結束

n. **completion** 完成，實現
adj. **complete** 完整的，徹底的
adv. **completely** 完整地，徹底地

≠ **incomplete** 不完整的

Try to **complete** your task by this Friday.
試著在這週五 **完成** 你的任務。

105
☐ # submit

v. 服從

n. **submission** 提交，服從

= turn in, hand in 繳交
+ submit A to B 將 A 交給 B

Ms. Song forgot to **submit** a financial report to the Finance department.
宋小姐忘記 **提交** 財務報告給財務部門。

106
☐ # replace

v. 替換，取代

n. **replacement** 更換，復位，接替，取代
adj. **replaceable** 可置換的，可代替的

+ replace A with B 用 A 代替 B

She was hired to **replace** Ms. Jessie, who will retire soon.
她被聘請來接替即將退休的 Jessie 女士。

107
☐ # adjust

v. 適應

n. **adjustment** 調整，調準
adj. **adjustable** 可調整的

= adapt 適應
+ adjust to 適應
   adjust A to B 使 A 適應 B

Employees must **adjust** to new company rules.
員工們必須 **適應** 公司新的規定。

---

❷ / **(A) submitted**

為了有資格獲得全額費用報銷，您的出差報告必須提交並附上所有收據。

由於 business trip report（出差報告）必須被交出去，動詞的位置必須放被動語態，對等連接詞 and 將前後動詞連接為並列結構。因此，過去分詞 (A) submitted（提交）為正確選項。

業務

形容詞/
副詞

①

Mr. Vargas joined a large company called SamSon Group
_____ after graduating from university.

(A) considerably　　　(B) currently

(C) directly　　　(D) namely

108

☐ # efficiently

adv. 有效率地

n. **efficiency** 效率
adj. **efficient** 有效率地

Working **efficiently** leads to high
productivity.
高效 工作會導致高生產率。

109

☐ # skillfully

adv. 有技巧地，巧妙地

You should **skillfully** use all of your
office equipment.
你應該 **巧妙地** 運用你所有的辦公設備。

110

☐ # directly

adv. 直接地

n. **direction** 指導
v. **direct** 指導
adj. **direct** 直接的

+ **report** / **contact** / **call** + **directly**
報告 / 接觸 / 撥打 + 直接地

If possible, report **directly** to the CEO.
如果可能的話，**直接** 跟執行長報告。

111

☐ # challenging

adj. 具有挑戰性的

n. **challenge** 挑戰
v. **challenge** 向⋯挑戰

Completing this work alone looks
challenging.
獨自完成這項工作看起來 **具有挑戰性**。

---

❶ / (C) directly

Vargas 先生大學畢業後直接進入了一家名為
SamSon 集團的大公司。

directly after 是『～之後』的意思。
(A) considerably 相當地，(B) currently 目前，
(D) namely 亦即。

2 Employees at EverWorld Amusement Park are _____ that the number of children visiting the park will increase dramatically in May.

(A) certain   (B) other

(C) responsible   (D) normal

---

112 □ **certain**

adj. 某一個，必然的，無疑的

adv. **certainly** 必定

≠ uncertain 不確定的

The decision considered not **certain** must be deferred.
被認為不 **確定的** 決定必須推遲。

113 □ **absolutely**

adv. 絕對的，完全的

adj. **absolute** 絕對的，完全的

Employees exceeding the sales goals should **absolutely** receive a bonus.
超過銷售目標的員工應該 **完全地** 獲得獎金。

114 □ **satisfactory**

adj. 令人滿意的，符合要求的

n. **satisfaction** 滿意

The way he works is not **satisfactory**.
他工作的方式令人不 **滿意**。

---

2 / **(A) certain**

EverWorld Amusement Park 的員工確信，5 月份造訪公園的兒童人數將大幅增加。

此為第 2 種句型，be 動詞後面的空格應當是主詞補語，形容詞為正確選項。選項全都是形容詞，從意思上來看，組成 be certain that 段落 (確信～) 的 (A) 最恰當。
(B) other 其他的，(C) responsible 有責任感的，
(D) normal 一般的。

 1

If you have experience working in a large _____ ,
getting a job in a small one is not that difficult.

(A) addition　　　　　(B) organization

(C) address　　　　　(D) article

115

☐ **society**

n. 社會，社團

The Cork County Council supports the
Humane **Society**.
科克縣議會支持這個人道 **社團**。

116

☐ **organization**

n. 組織，機構

v. **organize** 組織，機構

= association 機構

Our **organization** was established in
1999.
我們的 **組織** 在 1999 年成立的。

117

☐ **community**

n. 社區，團體

The family is the most vital factor of
the **community**.
家庭是 **社區** 最重要的元素。

118

☐ **fundraising**

n. 籌款

The **fundraising** event was held at
the AK store.
籌款 活動在 AK 商店舉行。

---

❶ / **(B) organization**

如果你有在大型組織工作的經驗，找一份小
工作並不困難。

這是受『冠詞 + 形容詞』a large 修飾的名詞的位置，
從意思上來看最自然的是 (B)。(A) addition 附加的，
(C) address 演說，(D) article 報導

New comers wishing to take part in the welcoming _____ must contact the personnel manager to register before September 4.

(A) transfer
(B) retirement
(C) banquet
(D) resignation

119

□

passion

n. 熱情

adj. **passionate** 熱情的
adv. **passionately** 熱情地

People love sharing their **passion** with others.
人們喜歡與他人分享 **熱情**。

120

□

banquet

n. 宴會，盛宴

A **banquet** to honor gold medalist Yong Choi was held at the community park.
金牌得主 Yong Choi 的 **宴會** 在社區公園舉行。

---

❷ / **(C) banquet**
希望參加歡迎活動的新人宴會必須在 9 月 4 日前聯絡人事經理註冊。

這是受形容詞 (現在分詞) welcoming 修飾的名詞的位置。Welcoming banquet 是『歡迎晚宴』的意思。
(A) transfer 移動 (動詞)，(B) retirement 退休 (名詞)，
(D) resignation 辭職 (名詞)。

團體/
閒暇

名詞2

The local government will offer free _____ to the
National War Museum to celebrate its 20th anniversary.

(A) permit   (B) achievement

(C) permission   (D) admission

121
admission

n. 進入許可

v. **admit** 允許

+ free admission 免費進入
  admission + fee / price 入場費 / 票價

The **admission** fee to this park is free
for children under 10.

10 歲以下的兒童免費 **入場**。

122
audience

n. 觀眾，聽眾

The city's mayor will address the
audience before the start of the
event.

該市市長將在活動開始前向 **觀眾** 發表講話

123
exhibition

n. 展覽

n. **exhibit** 展示品
v. **exhibit** 展示

This **exhibition** will last until this
September.

這個 **展覽** 將持續到今年九月。

124
collection

n. 收藏品，收集，募捐，作品集

n. **collector** 收藏家
v. **collect** 收集

+ ceramic tiles collection 磁磚收藏
  toll collection 收費

King's Library houses rare book
collections.

國王圖書館藏有珍貴的 **藏書**。

解測 Skill

❶ / (D) admission

當地政府將提供免費進入國家戰爭博物館以
慶祝其 20 週年紀念。

這是受形容詞修飾的名詞的位置。admissionTo 的意思
是『 - 的免費入場 (券)』。
(A) permit 同意 (動詞)，(B) achievement 成就 (名詞)，
(C) permission 允許 (名詞)。

In celebration of the _____ of founding, the BMU Motors Group offered employees who have worked more than 15 years a chance to buy their cars at half price.

(A) anniversary   (B) promotion

(C) indication   (D) compliance

125

☐ # anniversary

n. 週年紀念日

The city will celebrate its 30th **anniversary**.
該市將慶祝其成立 30 **週年**。

126

☐ # instrument

n. 儀器，樂器，工具

adj. **instrumental** 儀器的

You can find the way to use this **instrument** online.
你可以在網路上找到使用這個 **儀器** 的方法。

---

❷ / **(A) anniversary**

為紀念創始紀念日，BMU Motors Group 為那些工作了 15 年以上的員工提供了半價購買汽車的機會。

記得 anniversary of founding（創立紀念日）此一表達方法！(B) promotion 升遷，(C) indication 跡象，(D) Compliance 遵守。

團體/
閒暇

動詞

The president of the Chamber of Commerce announced that he will _____ proceeds from the fundraising to the local government.

(A) donate   (B) donated

(C) donation   (D) donor

127
commit

v. 承諾，致力，犯罪，做錯事

n. **commitment** 罪刑，保證

= dedicate 奉獻，致力
  devote 致力於

+ be committed to -ing 致力於

K&J Law Firm is **committed** to offering free legal services to low-income people.

K & J 律師事務所 **致力於** 為低收入人民提供免費法律服務。

128
donate

v. 捐贈

n. **donation** 捐獻
  donor 捐贈者

Many people were gathered to **donate** their belongings.

許多人聚集在一起 **捐贈** 他們的財物。

129
exhibit

v. 展覽，陳列

n. **exhibit** 展覽，展覽品
  exhibition 展覽

City hall will **exhibit** photos taken by artist Brown in the town hall.

市政府將在市政廳 **展示** 由布朗藝術家所拍攝的照片。

130
subscribe

v. 訂閱

n. **subscriber** 訂戶
  subscription 訂閱，簽署

Subscribe now and you will get a gift certificate.

現在 **訂閱**，您將獲得禮券。

---

❶ / **(A) donate**

商會會長宣布他將把募款收入捐給當地政府。

助動詞後面必須放動詞原形。donate A to B 的意思是『捐贈 A 給 B』。(B) donated 捐贈 (動詞的過去式)，(C) donation 捐贈 (名詞)，(D) donor 捐贈者 (名詞)。

If you _____ to our business magazine before this Friday, you will receive a 15% discount and a free gift voucher redeemable at any bookstore.

(A) exceed　　　　(B) join

(C) subscribe　　　(D) outline

131

□ entertain

v. 招待，款待，始有興趣

n. **entertainment** 娛樂，款待

They **entertained** us after the formal meeting.

他們 在正式會議結束後 **招待** 我們。

132

□ depend on

v. 依賴，取決於

adj. **dependent** 依賴的
dependable 可靠的

Small companies tend to **depend on** large companies.

小公司往往 **依賴** 大公司。

---

❷ / **(C) subscribe**

如果您在本週五之前訂閱我們的商業雜誌，您將獲得 15% 的折扣，以及可在任何書店兌換的免費禮券。

subscribe to 是『訂閱～』的意思，其他則全都是及物動詞，後面不需要介系詞。

(A) exceed 超過，(B) join 加入，(D) outline 提綱。

團體/
閒暇

形容詞/
副詞

The executive secretary for this year's international film festival invited the _____ film director to be a keynote speaker.

(A) renown   (B) renowned

(C) notorious   (D) notoriously

133
passionate

adj.熱情的

n. **passion** 熱情

Passionate hiking enthusiasts attended this event.
熱情的 遠足愛好者參加了此次活動。

134
renowned

adj.有名的，有聲譽的，有聲望的

n. **renown** 名望

May Museum will feature 20 works by the **renowned** sculptor Max.
五月博物館將展出 **著名** 雕塑家馬克斯的 20 件作品。

135
individually

adv.個別地，個人地

n. **individual** 個人
v. **individualize** 賦予個性
adj. **individual** 個人的

People can join the competition as a group or **individually**.
人們可以作為一個團體或 **個人** 參加比賽。

136
subject

adj.~ 服從的，附屬的

n. **subject** 主題，科目

+ be subject to + change / damage
受制於 + 改變 / 損害
be subject to + approval
受制於 + 贊成

The room rates are **subject** to the room availability.
房價需 **視** 客房供應情況 **而定**。

---

❶ / **(B) renowned**

今年國際電影節執行秘書邀請著名電影導演擔任主講嘉賓。

空格是名詞 film director (電影導演) 前面的形容詞的位置。(A) renown 名聲 (名詞)，(C) notorious 惡名昭彰的 (形容詞)，(D) notoriously 聲名狼藉地 (副詞)。

2

If the food at the salad bar tables is _____ gone, you should refill it at once.

(A) nearly
(B) neared
(C) near
(D) nearest

137
□ # short

adj.短的

n. **shortage** 短缺
v. **shorten** 使…變短
adv. **shortly** 短地

+ be short of 缺 -
  run short 缺少

The budget is always **short**, whatever we do.
無論我們做什麼，預算總是 **短缺**。

138
□ # nearly

adv.將近

= almost 幾乎

Nearly 30 members renewed the subscription.
將近 30 名成員續訂了訂閱。

---

❷ / **(A) nearly**
如果沙拉吧台的食物幾乎沒有了，你應該立即補充。

空格是 be 動詞與形容詞之間的副詞的位置。
nearly gone 是『差不多消失了』的意思。(B) neared 變近 (動詞)，(C) near 近的 (形容詞)/ 近地 (副詞)，(D) nearest 最近的 (形容詞)。

購物

名詞1

CK Food Company has been providing reliable and high-quality catering services at reasonable _____ over the past 10 years.

(A) pricey

(B) priced

(C) prices

(D) pricing

139

□ **price**

n. 價格

v. **price** 定價

+ beat down the price 壓低價格
consumer price 消費者價格
a reduced price 降價

Various items are available at a reasonable **price** at AA Plaza.

AA Plaza 酒店以合理價格提供各種物品。

140

□ **payment**

n. 付款，報酬

The **payment** is due today.

付款 是在今天到期。

141

□ **installment**

n. 分期付款

The next **installment** is to be paid at the end of December.

下一期的 **分期付款** 將在 12 月底支付。

142

□ **discount**

n. 折扣

We offer members a 10% **discount**.

我們提供會員 10%的 **折扣**。

解題 Skill

❶ / **(C) prices**

CK 食品公司在過去十年一直以合理的價格提供可靠和優質的餐飲服務。

這是受形容詞修飾的名詞的位置。at reasonable prices 的意思是『低廉的價格』。(A) pricey 昂貴的 (形容詞)。

All establishments at our shopping mall issue customers a full _____ if purchases are returned within 7 days and accompanied by receipts.

(A) refund
(B) flexibility
(C) consideration
(D) completion

143
☐ # refund

n. 退款，償還

adj. **refundable** 可退還的

DBN Store issues a full **refund** if purchases are returned within 7 days.

如果在 7 天內退貨，DBN 商店將全額 **退款**。

144
☐ # voucher

n. 禮券

That **voucher** can be used at any store at this mall.

該 **禮券** 可用於該商場的任何商店。

---

❷ / **(A) refund**

如果購物在 7 天內退回並附有收據，我們購物中心內的所有店家均向客戶發放全額退款。

『冠詞 + 形容詞』a full 後面是名詞的位置。
issue a full refund 是全額退費的意思。
(B) flexibility 靈活性，(C) consideration 考慮，
(D) completion 完成。

購物

名詞2

The _____ price of a product is determined by various factors such as the cost of raw materials and advertising, and competitors' prices.

(A) retailed   (B) retail

(C) retailers   (D) retailer

---

145 ☐ **retail**

n. 零售

n. retailer 零售商

≠ **wholesale** 批發

A diverse **retail** store is centrally located.

位於市中心有一家多元化的 **零售店**。

146 ☐ **wholesale**

n. 批發

n. wholesaler 批發商

≠ **retail** 零售

The **wholesale** price will decline due to the recession.

由於經濟衰退，**批發** 價格將下降。

147 ☐ **receipt**

n. 收據

v. receive 接收，收到

+ **original / valid receipt**
原始的 / 有效的收據
upon receipt of 一經收到

Without a **receipt**, a refund is not possible.

沒有 **收據**，退款是不可能的。

148 ☐ **warranty**

n. 保證，擔保

+ **under warranty** 在保固期內

The **warranty** on the fax machine expires this month.

傳真機的 **保固期** 將於本月到期。

---

❶ / (B) retail

產品的零售價格由各種因素決定，如原物料和廣告成本，以及競爭對手的價格。

記得 retail price (零售價格) 此一表達方式！
(A) Retailed 零售，(C)、(D) retailer (s) 零售商。

We called to remind you that the _____ on the car you purchased 3 years ago will expire on Dec. 31.

(A) quote

(B) estimate

(C) ticket

(D) warranty

149
auction
n. 拍賣

The popularity of **auctions** has increased considerably.
拍賣 的普及程度大大提高。

150
clearance
n. 清除,清掃,清倉大拍賣

= authorization 批准,授權
+ clearance sale 清倉拍賣

Customers are waiting for the store's **clearance** sale.
顧客們正在等待商店的 **清倉** 拍賣。

---

❷ / (D) warranty

我們打電話提醒您,您 3 年前購買的汽車的保固期將於 12 月 31 日到期。

與動詞 expire (期滿) 最合適的名詞是 (D) warranty (保證書)。(A) quote 引用,(B) estimate 估價單,(C) ticket 票。

When you send an application form for the medical conference, please indicate your language _____ for us to prepare for the interpretation service.

(A) departure

(B) performance

(C) preference

(D) position

151

☐ **description**

n. 描述，描寫

v. **describe** 描述

= **account** 說明，解釋

+ **job description** 工作描述
technical descriptions 技術描述

The **description** of the machine is on the first page of the manual.
本機的 **說明** 位於手冊的第一頁

152

☐ **manual**

n. 手冊，指南

adj. **manual** 手工的，體力的

Please consult this **manual** before use.
使用前請參閱本 **手冊**。

153

☐ **preference**

n. 偏好，喜愛

v. **prefer** 偏愛

+ **meal preference** 餐飲偏好

Many people showed a strong **preference** for our new bag model.
許多人對我們的全新包款表現出強烈的 **喜愛**。

154

☐ **desire**

n. 慾望，願望，渴望

v. **desire** 渴望，期望

JC shopping mall can meet any customer's **desire** to buy new items.
JC 商場可以滿足任何顧客購買新商品的 **渴望**。

---

❶ / **(C) preference**

當您送出醫學會議申請表時，請標明您的語言偏好，以便我們準備翻譯服務。

選項全都是名詞，意思最正確的是 (C)。
language preference 是『語言偏好』的意思。
(A) departure 出發，(B) performance 公演 / 演奏
(D) position 地位。

In _____ for the coming busy winter season, Double Ski Resort has hired three additional sales representatives.

(A) preparatory
(B) preparation
(C) prepare
(D) prepares

155
☐ **preparation**

n. 準備，迎接

v. **prepare** 準備，預備

In **preparation** for the peak season, stores are being renovated.

為了 **迎接** 旺季，商店正在裝修。

156
☐ **fabric**

n. 布料，織物

Cloths of various **fabrics** are being sold in the main lobby.

各種衣物的 **布料** 正在主要大廳出售。

---

❷ / **(B) preparation**

為迎接繁忙的冬季，Double Ski Resort 已經聘請了三名銷售代表。

由於空格應該放介系詞 in 的受詞，所以必須是名詞。
in preparationfor 的意思是『為了～準備』。
(A) Preparatory 預備 (形容詞)，(C)，
(D) prepare (S) 準備 (動詞)。

Customers who _____ merchandise online before this Sunday can receive a discount of 30% off the fixed prices, and beverage coupons.

(A) damage
(B) purchase
(C) return
(D) refund

---

157 ☐ **prefer**

v. 偏好，寧可

n. **preference** 偏愛，傾向

Customers **prefer** a small-sized laptop.
顧客們 **偏愛** 小尺寸的筆記型電腦。

---

158 ☐ **purchase**

v. 購買

n. **purchase** 購買

= buy 買
+ within ~days of purchase 在購買後的～天內

If you **purchase** it now, you can get 20% off.
如果你現在 **購買** 它，你可以得到 8 折優惠。

---

159 ☐ **qualify**

v. 合格

n. **qualification** 資格，條件
adj. **qualified** 合格的，有資格的

+ qualify for A 有…資格

If you buy more than 5 items, you **qualify** for free shipping.
如果你多購買五項商品，就符合免運的 **資格**。

---

160 ☐ **charge**

v. 收費，充電

n. **charge** 費用，電荷，掌管

+ charge A to B 把 A 計入 B
free of charge 免收費
in charge of 負責，照料

The Japanese bistro won't **charge** you for dessert.
日式小酒館不會向您收取甜品 **費用**。

---

❶ / (B) purchase

本週日之前在網路上購買商品的客戶可以享有定價的 30% 優惠折扣和飲料優惠券。

主詞關係代名詞後面是動詞的位置，從文章脈絡來看，意思為『購買』的 purchase 是正確答案。(A) damage 造成傷害，(C) Return 送還，(D) refund 退款。

2 GX Fox Design Crop will be able to _____ prospective clients a free consultation as of next week.

(A) offer   (B) offers

(C) offered   (D) offering

161
☐ # offer

v. 提供

n. **offer** 供應，出價

= **provide** 提供

+ **promotional offers** 促銷優惠
  job offer 工作機會

The restaurant **offers** a free lunch salad bar.
餐廳 **提供** 免費的午餐沙拉吧。

162
☐ # spare

v. 抽出，節約

adj. **spare** 抽出，節約

Can you **spare** some time for me?
你能 **抽出** 一些時間給我嗎？

163
☐ # specialize

v. 專攻，擅長

n. **specialization** 專攻，擅長

This eatery **specializes** in seafood.
這家餐館 **專營** 海鮮。

---

❷ / **(A) offer**

截至下週，GX Fox Design Crop 將能夠為潛在客戶提供免費諮詢服務。

因為是 be able to 不定詞 (可以 -) 的句型，空格必須放動詞原形。

Bani Manufacturer Co. is known as a company providing reliable products at an _____ price.

(A) to afford　　　　(B) affords
(C) affordable　　　(D) afford

164
☐ **affordable**

adj. 合理的，負擔得起的

v. **afford** 提供

= **reasonable** 合理的，公道的
≠ **expensive** 昂貴的
+ **at an affordable + rate / price**
以一個合理的 + 等級 / 價格

All items here are both reliable and **affordable**.
這裡全部的產品都能信賴且 **價格實惠**。

165
☐ **reasonable**

adj. 合理的，通情達理的

adv. **reasonably** 合理地，有理性地

Reasonable prices can appeal to more customers.
合理的 價格可以吸引更多的顧客。

166
☐ **popular**

adj. 受歡迎的

n. **popularity** 人口，數量

The **popular** items are quickly sold out.
這些 **熱門** 商品很快就銷售一空。

167
☐ **authentic**

adj. 可信的，真正的，真實的

= **genuine** 真正的，真誠的
≠ **fake** 假的

Would you like to try an **authentic** Indian dish?
你想嘗試一道 **正宗的** 印度菜嗎？

---

❶ / (C) affordable

巴尼製造商有限公司是一間以實惠價格提供可靠產品而聞名的公司。

可放在冠詞與名詞之間的是形容詞，at an affordable price 是『價格低廉』的意思。
(D) afford（金錢、時間方面）應付得起（動詞）。

After _____ interviewing many of the qualified candidates, we have finally decided to offer you a position as accounting director.

(A) busily　　　　　(B) easily

(C) meaninglessly　(D) carefully

168
☐ **commercial**

adj. 商業的，營利的

n. **commercial** 廣告

Manchester is the **commercial** heart of the UK.
曼徹斯特是英國的 **商業** 中心。

169
☐ **preferred**

adj. 優先的，被喜好的

n. **preference** 偏好
v. **prefer** 偏愛

The most **preferred** day by shoppers is Friday.
購物者最 **喜歡的** 一天是星期五。

170
☐ **carefully**

adv. 仔細地，謹慎地

n. **care** 憂慮，照料
v. **care** 關心，在乎
adj. **careful** 仔細的

≠ **carelessly** 粗心地

Before making a purchase decision, you should think **carefully**.
在做出購買決定之前，您應該 **仔細地** 考慮。

171
☐ **exclusively**

adv. 僅僅，獨佔地

v. **exclude** 排除
adj. **exclusive** 唯一的

= **solely** 單獨地，唯一地
+ **available exclusively online**
僅在網路上買得到
sell exclusively 單獨販售

This discount offer applies **exclusively** to members.
此折扣優惠 **僅** 適用於會員。

---

❷ / **(D) carefully**

在謹慎地面試了許多合格的候選人後，我們終於決定為您提供會計總監的職位。

該空格要放修飾動詞的副詞，意思上最恰當的選項為 carefully (小心謹慎地)。(A) busily 忙碌地，(B) easily 輕易地，(C) meaninglessly 毫無意義地。

---

1 All airlines in Canada will raise airfares considerably as the demand is on the _____ .

(A) increase

(B) increasing

(C) decreasing

(D) raising

172

industry

n. 行業

The football **industry** is promising in the UK.

足球 **產業** 在英國前程無量。

173

market

n. 市場

v. **market** 推銷，銷售

+ niche market 利基市場
  flea market 跳蚤市場
  open-air-market 露天市場

The competition in the domestic **market** is increasingly tough.

國內 **市場** 的競爭日益激烈。

174

increase

n. 增加，提高

v. **increase** 增加
adj. **increasing** 增長的

= growth 成長
≠ decrease 減少，減小

Analysts are sure that the stock price is on the **increase**.

分析師確信股價正在 **上漲**。

175

growth

n. 成長，發展

v. **grow** 生長，種植

The **growth** rate has decreased over the years.

多年來 **增長** 率有所下降。

---

❶ / **(A) increase**

隨著需求的增加，加拿大的所有航空公司將大幅提高機票價格。

定冠詞後面必須放名詞，raise airfares demand 是答案的線索。on theincrease 的意思是『增加中』的意思。

There has been a _____ of about 5% in the number of visitors to our amusement park since last year.

(A) maintenance　　(B) completion

(C) decrease　　(D) method

176

boom

n. 繁榮，激增

The car market is still enjoying a **boom**.
汽車市場仍然**蓬勃發展**。

177

decrease

n. 減少

v. **decrease** 減少
adj. **decreasing** 減少的

A pay **decrease** caused the high unemployment rate.
薪資 **下降** 導致高失業率。

178

depression

n. 沮喪

= slump, recession 暴跌

During a **depression**, companies are reluctant to offer full-time employment.
在 **蕭條** 期間，企業不願意提供全職工作。

---

❷ ／ (C) decrease
自去年以來，我們遊樂園的遊客人數減少了約 5%。

這是冠詞後面的名詞的位置，從內容來看 (C) 最自然。
(A) Maintenance 維持，(B) completion 完成，
(D) method 方法。

① After thoroughly inspecting sanitary procedures at LM Food's factory, inspectors from the city office found no _____ of sanitation violations.

(A) nomination　　(B) evidence
(C) itinerary　　(D) allocation

179
anticipation
n. 預期，期望

v. **anticipate** 預期，預言

Analysts' **anticipation** for the coming years is positive.
分析師對未來幾年的 **期望** 是積極的。

180
analyst
n. 分析師

n. **analysis** 分析
v. **analyze** 分析

Car industry **analysts** expect the American car market will suffer soon.
汽車行業 **分析師** 預計美國汽車市場將很快受挫。

181
evidence
n. 證據

adj. **evident** 明顯的
adv. **evidently** 明顯地

There is no **evidence** of recession.
沒有衰退的 **跡象**。

182
indicator
n. 指標，指示物

n. **indication** 指示，象徵
v. **indicate** 指出

GDP can be a good economic **indicator**.
GDP 可能是一個很好的經濟 **指標**。

---

❶ / (B) evidence
在徹底檢查了 LM 食品廠的衛生程序後，市政府的檢查人員沒有發現違反衛生條例的證據。

Inspectors、violations 是答案的線索，從意思上來看，(B) 最恰當。(A) nomination 提名，(C) itinerary 旅遊行程表，(D) allocation 分配。

2 Official members of Game Monthly will have the _____ to play the new Z663 CG game before it is released.

(A) juncture   (B) opportunity

(C) progress   (D) expenditure

183

☐ **rating**

n. 評價，等級

v. **rate** 被評價

The company has a bad credit **rating**.

該公司信用 **評價** 不好。

184

☐ **opportunity**

n. 機會

+ opportunity to do 有機會去做…

More job **opportunities** occurred due to this city's development.

這個城市的發展帶來了更多就業 **機會**。

---

❷ / (B) opportunity

Game Monthly 的官方會員將有機會在新的 Z663 CG 遊戲發行之前搶先試玩。

不定詞 the opportunity to 的意思是『為了進行～的 機會』。(A) juncture (事件的特定) 時機，(C) progress 進展，(D) expenditure 經費。

經濟

動詞

1

Some analysts _____ that the two giant companies would be merged within 6 months.

(A) anticipates
(B) anticipate
(C) anticipating
(D) anticipated

185
☐ # anticipate

v. 預期，預料

n. **anticipation** 預期，預料

= **expect** 預期，期待

Companies are **anticipated** to reduce wages.
<u>預計</u> 公司將減少工資。

186
☐ # predict

v. 預測

n. **prediction** 預言

= **foresee** 預見

Financial analysts **predicted** the stock price would increase soon.
金融分析師 **預測** 股價很快會上漲。

187
☐ # foresee

v. 預見，預知

adj. **foreseeable** 可預知的

Potential problems of companies can be **foreseen** through analysis.
透過分析可以 <u>預見</u> 公司的潛在問題。

188
☐ # boost

v. 推動，促進

n. **boost** 推動

The government will **boost** the game industry.
政府將 **推動** 遊戲產業。

答對 Skill

❶ / (D) anticipated
一些分析師預期這兩家巨頭公司將在 6 個月內合併。

從屬子句的時態 would 為線索，由此可知獨立子句的時態必須是過去。

2 It _____ to be seen whether PI.com will acquire HY internet shopping mall.

(A) invests   (B) renews

(C) plans   (D) remains

189

fall

v. 落下，下降

n. **fall** 落下，秋天

The brand's value will **fall** due to the poor service system.
由於服務體系差，這個品牌的價值將 **下降**。

190

remain

v. 留下，仍然

n. **remainder** 餘數
adj. **remaining** 剩餘的

+ remain + steady / the same
保持 + 穩定的 / 相同

According to a business journal, Hawaii **remains** the top vacation spot.
根據一份商業雜誌，夏威夷仍然是最受歡迎的旅遊勝地。

191

vary

v. 變化，多樣化

n. **variation** 變化，變動，變異
adj. **varied** 各種各樣的，多變的

Income taxes **vary** slightly depending on the region.
所得稅因地區而 **異**。

192

substitute

v. 代替

n. **substitute** 代替品

+ substitute A with B (B for A)
以 B 代替 A
be substituted for A 用 A 代替
be substituted with A 用 A 代替

Hybrid cars are **substituting** diesel cars due to their unpleasant noise.
由於那些令人不快的噪音，混合動力汽車正在 **取代** 柴油汽車。

---

❷ / **(D) remains**

PI.com 是否會收購 HY 網路購物中心仍然有待觀察。

it remains to be seen whether + 主語 + 動詞的意思是『是否為～還得觀察』。(A) Invests 投資，(B) renews 更新，(C) plans 計畫。

經濟

形容詞/
副詞 1

⏱ 1　_____ reforms that the President of the U.S. Senate proposed are expected to be implemented soon.

(A) Economic　　　　(B) Economy

(C) Economics　　　　(D) Economists

193

☐ **economic**

adj. 經濟的

n. **economy** 經濟
adv. **economically** 經濟上地

It's true that **economic** growth depends upon large companies.
確實，**經濟** 的增長取決於大公司。

194

☐ **potential**

adj. 潛在的

n. **potential** 潛能
adv. **potentially** 潛在地

Analysts unlock **potential** possibilities for companies.
分析師為公司揭開 **潛在的** 可能性。

195

☐ **drastic**

adj. 激烈的，極端的

adv. **drastically** 激烈地，徹底地

Drastic price increases may result in a drop in sales.
價格 **大幅** 上漲可能會導致銷售額下降。

196

☐ **dramatically**

adv. 猛烈地

adj. **dramatic** 戲劇性的

= **substantially** 實質上，大致上
+ **increase / grow / climb +
dramatically**
大幅度地 增加 / 成長 / 上升

Unemployment fell **dramatically** in the first quarter of the year.
今年第一季度失業率 **大幅地** 下降。

---

❶ / **(A) Economic**
美國參議院主席提出的經濟改革預計即將
實施。

由於名詞 reform (改革) 應該放形容詞，
(A) Economic (經濟的) 是正確答案。(B) Economy 經濟
(名詞)，(C) Economics 經濟學 (名詞)，(D) Economists
經濟學家 (名詞)。

2 For a _____ time only, Robson Winter Resort Park will be offering patrons a significant discount on yearly membership.

(A) limiter　　　　(B) limit

(C) limits　　　　(D) limited

---

197 □ **rapidly**

adv. 迅速地，快速地

adj. **rapid** 迅速的

The semiconductor market is **rapidly** changing.
半導體市場正在 **迅速地** 變化中。

198 □ **limited**

adj. 有限的，特快的

v. **limit** 限制，限定

+ limited offer 限量優惠
for a limited time 有限的時間

This grant is **limited** to small companies.
這筆贈款 **僅限於** 小公司。

---

❷ / **(D) limited**

只在限定期間，羅布森冬季度假公園將為年度會員提供大幅度的折扣。

語順是『冠詞 + 形容詞 + 名詞』，適合空格的形容詞是 (D)。(A)limiter 限制的事物 (名詞)，(B)limit 限制 (名詞)/ 限制 (動詞)。

經濟

形容詞/
副詞 2

To have your car fixed at our car repair shop can be
_____ but it is still more reliable and safer.
(A) costly　　　　(B) friendly
(C) yearly　　　　(D) daily

199

□ **prospective**

adj.預期的，未來的

n. **prospect** 前景，預期

Please do your best for
prospective buyers.
請為 **潛在的** 買家盡力而為。

200

□ **remarkable**

adj.顯著的，卓越的

adv.**remarkably** 顯著地

This company showed a
remarkable change.
這家公司展現了 **顯著的** 變化。

201

□ **costly**

adj.昂貴的，奢華的

n. **cost** 費用，代價
v. **cost** 花費

An unprepared business can be
costly.
一個毫無準備的企業可能會 **付出代價**。

202

□ **common**

adj.普遍的，平凡的，共同的

+ **common interest** 共同興趣
common sense 常識
in common 共有

The most **common** mistake
companies make is excessive
expansion.
公司 **最常** 犯的錯誤是過度擴張。

---

❶ / **(A) costly**
您的汽車在我們的汽車維修店修理可能會很
昂貴，但是更可靠且更安全。

這是主詞補語的位置，可放形容詞或名詞。
意思上需要費用的 costly (=expensive) 為正確答案。
(B) friendly 友好的 (形容詞)，(C) yearly 每年 (副詞)，
(D) daily 每天 (副詞)。

2 Working for a company for over 20 consecutive years is not _____ , but half of the employees at our company have been doing so.

(A) appointed　　　　(B) prompt

(C) common　　　　　(D) fine

---

203 □

particular

adj.特別的

n. **particular** 細目，特色

+ in particular 尤其

People are apt to stick to **particular** brands.

人們傾向於堅持 **特定的** 品牌。

204 □

evenly

adv.均勻地，平等地

adj. **even** 相等的，平坦的

Business opportunities must be **evenly** distributed.

商機必須 **平均地** 分配。

---

2 / **(C) common**

為一家公司工作超過 20 年並不常見，但我們公司一半的員工一直這樣做。

從內容來看意思為『不常見』的 (C) 最恰當，因此該選項是正確答案。(A) appointed 被指名的，(B) prompt 立即，(D) fine 良好的。

經營
名詞

①

The personnel manager announced that Mr. Levitt would be offered both a raise and a promotion based on his outstanding _____ .

(A) deficit (B) performance
(C) beneficiary (D) grant

205
□ **management**

n. 經營，管理

v. **manage** 管理

This project must be approved by the **management**.
這個項目必須得到 **管理階層** 的批准。

206
□ **tendency**

n. 傾向，趨勢，潮流

Companies in China have a **tendency** not to invest.
中國企業 **傾向** 於不投資。

207
□ **performance**

n. 績效，表演，表現，實行，成績，成果

n. **performer** 表演者
v. **perform** 表演，執行
+ **performance** review 性能評估
performance evaluation 績效評估

Sales persons' pay can vary depending on **performance**.
銷售人員的薪酬可能因 **績效** 而異。

208
□ **procedure**

n. 程序

v. **proceed** 繼續進行，開始
adj. **procedural** 程序上的

The production team's decision making **procedure** has been simplified.
生產團隊的決策 **程序** 已經簡化了。

解答 Skill

① / **(B) performance**
人事經理宣布，萊維特先生將因其出色表現而獲得加薪和晉升。

牢記 performance 的三種意思『(業務) 實績、表演、性能』吧！ (A) deficit 不足，(C) beneficiary 受益人，(D) grant 補助金。

2 Karl Justin, the new marketing director, is known for his creative marketing _____ to the release of new products.

(A) declines　　(B) rejects

(C) approaches　　(D) refusal

209

approach

n. 方法，途徑

v. **approach** 接近，靠近

One duty of our team is to analyze marketing **approaches**.
我們團隊的職責之一是分析行銷 **方法**。

210

reputation

n. 名聲，聲譽

+ earn / build / establish a
reputation 贏得 / 建立 / 建立 聲譽

To build a good **reputation** as CEO, work hard.
為了打造執行長的良好 **聲譽**，努力工作。

---

❷ / **(C) approaches**
新行銷總監 Karl Justin，以其創新的行銷方式來推出新產品而聞名。

透過形容詞 creative 可知道具備否定意思的名詞無法放入空格，千萬別忘記 marketingapproach (行銷方法) 此一表達方式。
(A) declines 減少，(B) rejects 拒絕，(D) refusal 拒絕。

經營

動詞

1

At the meeting held at MH Convention Center last week, members _____ improvements to its delivery service in order to provide better service to customers.

(A) proposes

(B) proposing

(C) proposal

(D) proposed

211
☐ **perform**

v. 表演，執行

n. **performance** 績效，表演，表現

= **conduct** 執行，實行

The DBN Finance Group had recruits **perform** an internship.
DBN 金融集團有新成員 進行 實習。

212
☐ **propose**

v. 提出計畫

n. **proposal** 提議

Director San **proposed** a new marketing idea.
董事長 提出 了一個新的行銷理念。

213
☐ **persuade**

v. 說服，勸說

adj. **persuasive** 有說服力的

= **convince** 使信服

+ **persuade A to do** 說服 A 做 -

To **persuade** investors is the vice president's responsibility.
說服 投資者是副總裁的責任。

214
☐ **convince**

v. 說服，使確信

adj. **convincing** 有說服力的
convinced 確信的

+ **convince A of B** 說服
convince A that 說服

Managers often **convince** employees to change positions.
經理經常說服員工改變職位。

---

❶ / **(D) proposed**

上週在 MH 會議中心舉行的會議上，成員們提出了改善送貨服務的方案，以便為顧客提供更好的服務。

透過副詞子句 last week 可知道必須放過去時態。
(C) proposal 提案 (名詞)。

2 Because the initial initiatives were _____ by the CEO, the project team members had to look for other business models.

(A) rejected   (B) escaped

(C) agreed   (D) exempted

215

☐ # reject

v. 拒絕，排斥

n. **rejection** 拒絕，退回

Employees can **reject** work that is not satisfactory.
員工可以 **拒絕** 令人不滿意的工作。

216

☐ # reveal

v. 顯示，透漏

n. **revelation** 揭露

= unveil 顯露
≠ conceal / veil 隱藏 / 遮蔽

Anyone who **reveals** company secrets can be dismissed.
任何 **洩露** 公司機密的人都會被解僱。

217

☐ # unveil

v. 顯露，揭幕，公諸於眾

≠ veil 掩蓋，遮蔽

Unveil a new plan and explain specifics to directors.
推出 新計劃並且向董事解釋具體細節。

---

❷ / **(A) rejected**

由於初步提議被執行長拒絕，企劃團隊成員不得不尋找其他商業模式。

從內容來看，rejected（被拒絕）的意思最恰當。
(B) escaped 脫逃，(C) agreed 同意，
(D) exempted 豁免。

行銷
名詞1

A cooking _____ will be held in Chicago, where many participants from all over the world will display their dishes in various ways.

(A) competes (B) competition

(C) competitively (D) competitive

218

☐ **strategy**

n. 策略

adj. **strategic** 有策略的

Our CEO adopted a **strategy** suggested by the marketing team.
我們的執行長採用了行銷團隊提出的 **策略**。

219

☐ **concept**

n. 概念

The **concept** of this promotion is unclear.
此促銷的 **概念** 尚不清楚。

220

☐ **target**

n. 目標

v. **target**

The **target** of this marketing campaign is teens.
這次行銷活動的 **目標** 是青少年。

221

☐ **competition**

n. 競賽

n. **competitor** 參賽者
v. **compete** 競賽
adj. **competitive** 有競爭力的，比賽的

Marketing **competition** between companies is harsh.
公司之間的行銷 **競爭** 非常激烈。

啾啾 Skill

❶ / **(B) competition**

烹飪比賽將在芝加哥舉行，來自世界各地的眾多參與者將以各種方式展示他們的菜餚。

因為是主詞的位置，空格必須放名詞。cooking competition 是『烹飪比賽』的意思，屬於複合名詞。(A) competes 競爭 (動詞)，(C) competitively 競爭地 (副詞)，(D) competitive 競爭的 (形容詞)。

2 The CEO was pleased to know that the sales team met the sales _____ although the team had trouble doing their best.

(A) expecting　　(B) expected

(C) expectedly　　(D) expectations

222

□ # competitor

n. 競爭者，參賽者

n. **competitiveness** 競爭力

ZO.com is our main **competitor**.
ZO.com 是我們的主要 **競爭對手**。

223

□ # expectation

n. 預期，期望

+ meet / surpass + expectations
達到 / 超越 + 期望
above / beyond + one's expectations
高於 / 超越 + 一個人的期望

The sales figure for this quarter met **expectations**.
本季度的銷售數字符合 **預期**。

224

□ # authority

n. 權威，當局

v. **authorize** 授權

The CEO has the **authority** to name vice presidents.
執行長 **有權** 任命副總經理。

---

❷ / **(D) expectations**

執行長很高興知道銷售團隊達到銷售預期，儘管團隊無法做到最好。

由於該位置必須放 met 的受詞，所以必須是名詞。
meet the expectations/needs/demands（滿足期待 / 需要 / 需求）都是常和 meet 一起使用的詞，一定要牢記起來！

行銷

名詞2

After conducting a number of _____ , the head of car design has decided to expand one color based car into the U.S. car market.

(A) survey   (B) surveys

(C) surveyed   (D) to survey

225

☐ **advertisement**

n. 廣告

v. **advertise** 登廣告

Our CEO attributed this sales increase to the successful **advertisement**.

我們的執行長將此次銷售增長歸因於成功的 **廣告**。

226

☐ **demonstration**

n. 示範，示威遊行，證明

v. **demonstrate** 證明，演示

The **demonstration** for the A9 Phone has been scheduled.

A9 電話的演示已經安排好了。

227

☐ **survey**

n. 調查

v. **survey** ( ) 調查

The **survey** results indicate the training session was informative.

調查 結果顯示培訓課程是充實的。

228

☐ **poll**

n. 民意調查，投票

The marketing manager prepared the first **poll** of this year.

行銷經理準備了今年的第一輪 **民意調查**。

解題 Skill

❶ / **(B) surveys**

經過多次調查後，汽車設計負責人決定將一款彩色汽車擴展到美國汽車市場。

a number of (許多的) 後面是可數名詞的複數型。

2 Please complete and return the _____ form to the marketing team before you get off work today.

(A) participation (B) feedback

(C) reservation (D) leaves

---

²²⁹ ☐
analysis

n. 分析

n. **analyst** 分析師
v. **analyze** 分析

+ **reliable analysis** 可靠的分析
market analysis 市場分析

This marketing **analysis** is reliable.
這種市場 **分析** 是可靠的。

²³⁰ ☐
reaction

n. 反應

v. **react** 反應

+ **reaction to** + 反應

He is pleased with the customers' favorable **reaction**.
他對客戶的 **好評** 感到滿意。

²³¹ ☐
feedback

n. 回饋，反應

Our customers sent us **feedback** on the new product.
我們的客戶向我們發送了關於新產品的 **回饋**。

---

❷ / **(B) feedback**
請在今天下班之前將回饋表完成並交回給行銷團隊。

由於是動詞 complete 與 return 的受詞，feedback 最為恰當。(A) participation 參加，(C) reservation 預約，(D) leaves 休假。

行銷

名詞3

Responding promptly to any questions from customers should take _____ over all other work.

(A) priority

(B) removal

(C) credit

(D) deposit

232

☐ # majority

n. 大多數，大部分

n. **major** 成年人，主修
adj. **major** 主要的，較多的

+ a[the] **majority of** - 大多數的 -

A **majority** of directors objected to the marketing plan.

大多數 董事反對行銷計劃。

233

☐ # priority

n. 優先權，重點

v. **prioritize** 把…區分優先順序
adj. **prior** 優先的

Customer satisfaction must be the first **priority**.

客戶滿意度必須是第一 **要務**。

234

☐ # device

n. 裝置

v. **devise** 設計

= **gadget** 小工具

The installation of a safety **device** on the machine appealed to many customers.

機器上安裝的安全 **裝置** 吸引了眾多客戶。

235

☐ # lack

n. 缺乏

v. **lack** 缺乏

The manager is worried about the **lack** of marketing funds.

經理擔心 **缺乏** 行銷資金。

---

❶ / **(A) priority**

及時回應客戶的任何問題應該優先於所有其他工作。

take priority over 的意思是『給予～優先考慮』。

(B) removal 除去，(C) credit 信用，(D) deposit 保證金。

2 The attendance for this year's awards ceremony has considerably dropped due to the _____ of preparation and promotion.

(A) short

(B) lack

(C) harsh

(D) apparent

236

□

district

n. 行政區，地區

= area 地區
+ business district 商業區，商務區

We opened a second location serving the south **district**.
我們為南區開了第二個 **地點**。

237

□

advantage

n. 優點，好處

adj. **advantageous** 有益的
≠ disadvantage 缺點

Figuring out **advantages** is essential to establishing marketing plans.
找出 **優勢** 對於建立行銷計劃至關重要。

238

□

disadvantage

n. 缺點

adj. **disadvantageous** 不利的
≠ advantage 優點，好處

Disregarding after-sales services can be a big **disadvantage**.
不顧售後服務可能是一個很大的 **缺點**。

---

❷ / **(B) lack**

由於缺乏準備和推廣，今年的頒獎儀式出席率大幅下降。

定冠詞 the 後面必須放名詞。『lack of + 名詞』是『～不足』的意思。
(A) short 短缺的（形容詞），
(C) harsh 嚴酷的（形容詞），
(D) apparent 明顯的（形容詞）。

⏱ 1

This year, the sales team _____ to exceed last year's sales figures, which were the most outstanding ever.

(A) aims

(B) to aim

(C) aim

(D) aimed

---

239 ☐

analyze

v. 分析，解析

n. **analysis** 分析
analyst 分析師

Please **analyze** the shoes market before making a sales plan.
制定銷售計劃前請先 **分析** 鞋子市場。

---

240 ☐

aim

v. 旨在

n. **aim** 目標，目的

+ **aim to do** 意欲做 -
aim to 不定詞 旨在
產品 + aimed at 針對 -

This product is **aimed** at teens.
本產品 **針對** 青少年。

---

241 ☐

focus

v. 集中，聚焦

n. **focus** 焦點

+ **focus A on B** 使 A 專注於 B
be focused on 集中於

Focus on the pricing of our competitors' products.
關注 競爭對手的產品定價。

---

242 ☐

appreciate

v. 欣賞，感激，領會

n. **appreciation** 欣賞，感激
adj. **appreciative** 欣賞的，感激的

The marketing manager **appreciated** your giving the input to our team.
行銷經理 **感謝** 您向我們的團隊提供意見。

---

❶ / (A) aims

今年，銷售團隊的目標是超過去年的銷售數字，這是有史以來最優秀的。

由於是整句話放置動詞的位置，主詞是單數，所以 (A) aims 為正確的選項。aim to 不定詞的意思是『目標在於～』。

Passengers for Canada Airlines are asked to _____ their meal preferences on the food application form before boarding.

(A) indicators (B) indicates

(C) indicating (D) indicate

243

□ # examine

v. 檢查，調查

n. **examination** 檢驗，測驗

= investigate 調查

After **examining** the cause of the damage, report directly to the CEO.

<u>檢查</u> 損壞的原因後，直接向執行長報告。

244

□ # indicate

v. 指出，象徵

n. **indication** 指示，跡象，象徵
indicator 指示器

The facts **indicate** a need for a change of our marketing plan.

事實 <u>顯示</u> 需要改變我們的行銷計劃。

245

□ # compare

v. 比較

n. **comparison** 比較
adj. **comparable** 比得上的

+ compare A with B 將 A 跟 B 比較
compared to - 把…比作

In order to evaluate our service, **compare** ours to theirs.

為了評估我們的服務，請 **比較** 我們的服務。

---

❷ / (D) indicate

登機前，加拿大航空公司要求乘客們在食品申請表上註明他們的用餐偏好。

由於 be asked to 不定詞句型是『要求做～』的意思，to 後面必須是動詞原形 (D) indicate (表示)。

(A) indicators 指標 (名詞)。

Under the terms of the contract, Better Survey & Data will _____ high-quality survey results to China Airlines for the next five years.

(A) rally

(B) reply

(C) supply

(D) assembly

246

demand

v. 要求

n. **demand** 要求
adj. **demanding** 吃力的，苛求的

≠ supply 提供，供應

Customers **demanded** a clear explanation for the defective items.
客戶 **要求** 對於瑕疵物品給予明確解釋。

247

supply

v. 提供

n. **supply** 提供，供應，補給
supplier 供應商

= provide, furnish 提供，供應
+ supply A with B 把 A 提供給 B

We will open an additional customer service center to **supply** better services.
我們將開設額外的客戶服務中心以 **提供** 更好的服務。

248

introduce

v. 介紹，引進

n. **introduction** 介紹，引進
= launch 發行

Our new product lines were **introduced** at the last demonstration.
我們的新產品系列是在上次演示中 **介紹** 的。

249

launch

v. 上市

n. **launch** 發行

To **launch** a new car commonly takes 5 years.
推出 新車通常需要 5 年時間。

---

❶ / (C) supply

根據合約條款，Better Survey & Data 將為未來五年向中國航空提供高品質的調查結果。

助動詞 will 後面是動詞的位置。supply A to B 是『將 B 供給給 A』的意思。
(A) rally 嘲笑，(B) reply 回覆，(D) assembly 集會 (名詞)。

2 The new video game GO TO ME will be _____ in the Asia and American markets first before the end of this year.

(A) proceeded　　(B) consisted

(C) launched　　(D) enrolled

---

250 □
compete

v. 競爭

n. **competition** 競爭
competitor 競爭者

Three companies **competed** for the project.
三家公司為這個企劃而 **競爭**。

251 □
display

v. 顯示，陳列

n. **display** 顯示，陳列

We have been **displaying** A9's old models in the lobby.
我們一直在大廳 **展示** A9 的舊款。

252 □
describe

v. 形容，描繪

n. **description** 描述

Could you **describe** the procedure to customers?
您能否向客戶 **描述** 程序？

---

❷ / (C) launched

新的視頻遊戲 GO TO ME 將在今年年底前首先在亞洲和美國市場推出。

不及物動詞無法成為被動語態，(C) launch 以外的其他選項都是不及物動詞。(A) proceeded 進行，(B) consisted 組成，(D) enrolled 註冊。

行銷

動詞3

①

Whether we will _____ our current business into the American market depends on the decision by the board of directors.

(A) expand

(B) expansion

(C) expands

(D) expanding

253

□ # affect

v. 影響，感動

= influence 影響

Will this marketing campaign **affect** our sales?

這個行銷活動會 **影響** 我們的銷售嗎？

254

□ # influence

v. 影響

n. **influence** 影響
adj. **influential** 有影響力的

Several marketing factors **influence** the product's brand image.

幾種行銷因素 **影響** 產品的品牌形象。

255

□ # expand

v. 展開，擴展

n. **expansion** 展開，擴展
adj. **expansive** 擴張的

+ expand + the market / the division 拓展 + 市場 / 部門

They **expanded** the business by opening a fourth location.

他們藉由開設第四個地點 **擴大** 了業務。

256

□ # postpone

v. 延緩，延遲

Special approval is required to **postpone** the launch date.

需要特別批准才能 **延遲** 發布日期。

---

❶ / **(A) expand**

我們是否會將目前的業務擴展到美國市場，取決於董事會的決定。

助動詞後面必須放動詞原形。expand A into B 的意思是『A 擴充為 B』。(B) expansion 擴張 (名詞)。

Please review the proposal from the CK Group and
_____ it to the project head.

(A) exchange   (B) forward

(C) eliminate   (D) proceed

257
☐ **divide**

v. 分開，意見分歧

n. **division** 分開，分割
dividend 紅利

= break up 分手

+ divide A into B 把 A 分成 B
be divided into 被分成

Divide the work among the members on the marketing team.
劃分 行銷團隊成員之間的工作。

258
☐ **forward**

v. 發送

adv. **forward** 向前地

Could you **forward** this sample to the marketing as soon as possible?
您能否盡快將此樣本 **發給** 市場行銷部門？

259
☐ **support**

v. 支持，支撐，供養

n. **support** 支持，支撐，供養
adj. **supportive** 支持的，贊助的

Support our marketing team until the end of next week.
支援 我們的行銷團隊，直到下週結束。

260
☐ **surpass**

v. 勝過，優於

This year's revenue **surpassed** that of our competitor.
今年的收益 **超過了** 我們的競爭對手。

---

❷ / **(B) forward**
請審核 CK 集團的提案並將其轉發給項目負責人。

由於空格的受詞 it 是指 the proposal，從意思上來看 (B) 最恰當。forward A to B 的意思是『把 A 送給 B』。

行銷

形容詞/
副詞 1

1

Smith Marketing has recently named a _____ and motivated vice president to replace Mr. Gonzales, who is retiring next month.

(A) create

(B) creatively

(C) creates

(D) creative

261

influential

adj. 有影響力的，有權利的

This demonstration is focused on our most **influential** model.
此演示集中在我們最 **有影響力的** 模型上。

262

creative

adj. 有創意的，創新的

n. **creativity** 創造力
v. **create** 創造力

We have produced **creative** products to draw clients.
我們製作了 **有創意的** 產品來吸引客戶。

263

consistent

adj. 一致的，連續的，堅定的

adv. **consistently** 一貫地，堅持地

We must be **consistent** in developing marketing policies.
我們必須 **始終如一的** 發展行銷政策。

264

progressive

adj. 逐漸的，進步的

adv. **progressively** 進步地

The company experienced a **progressive** reduction in sales.
該公司經歷了銷售額的 **逐漸** 減少。

必考
Skill

❶ / (D) creative

史密斯行銷最近任命了一位富有創造力和積極的副總裁，以取代下個月即將退休的 Gonzales 先生。

對等連接詞 and 會連結相同的詞類，因此空格必須放 motivated 之類的形容詞。(A) create 創造 (動詞)，(B) creatively 創造性的 (副詞)。

2 Those who are currently staying at King's Hotel can use the sports facility for an _____ charge.

(A) add
(B) addition
(C) additionally
(D) additional

265

additional

adj. 額外的，附加的

n. **addition** 增加，附加
adv. **additionally** 額外地，附加地

Additional funds will be offered to this marketing plan.
額外的 資金將提供給這個行銷計劃。

266

elementary

adj. 基礎的，初等的

An **elementary** Chinese course was offered to our overseas marketing staff.
為我們的海外行銷人員提供了 **初級的** 中文課程。

267

contemporary

adj. 當代的，同時代的，同時的

Contemporary marketing strategies are different from old ones.
當代的 行銷策略和以前有所不同。

---

❷ / (D) additional

那些目前入住 King's Hotel 酒店的客人可以使用額外付費的運動設施。

冠詞與名詞之間可以放形容詞。for an additional charge 是『額外費用』的意思。(A) add 增加（動詞），(B) addition 附加（名詞），(C) additionally 另外（副詞）。

All employees in sales and promotion are _____ busy preparing events for Christmas and New Year's Day.

(A) extremely   (B) previously

(C) much   (D) recently

268
☐ # demanding

adj. 要求的，苛求的

v. **demand** 要求

It's not easy to satisfy **demanding** customers.

要滿足要求 **苛刻的** 客戶並不容易。

269
☐ # extremely

adv. 極度地，非常地

n. **extreme** 極端
adj. **extreme** 極端的，極度的

It's **extremely** difficult to exceed our sales goal.

超出我們的銷售目標是 **極度** 困難的。

270
☐ # evident

adj. 明顯的，清楚的

adv. **evidently** 明顯地，清楚地

It's **evident** that these items are defective.

很 **明顯的** 這些物品是有缺陷的。

271
☐ # completely

adv. 完全地，徹底地

n. **completion** 完成，結束
v. **complete** 完成
adj. **complete** 完全的

= **totally** 完全地
≠ **partially** 部分地

We used to offer this service **completely** for free.

我們以前 **完全** 免費提供這項服務。

---

❶ / **(A) extremely**

所有員工都為聖誕節和元旦的銷售和促銷準備活動非常忙碌。

從意思上來看，最適合修飾形容詞 busy 的是副詞 (A)。
(B) previously 先前，(C) much 許多，(D) recently 近來。

② Strong Man Fitness offers clients visiting for the first time training _____ free of charge.

(A) likely
(B) exclusively
(C) completely
(D) continually

□ # **marginal**

adj.微不足道的，邊緣的

n. **margin** 邊緣，利潤，範圍

A **marginal** difference may cause a big one.
一個 **微小的** 差異可能會導致一個大的差異。

□ # **closely**

adv.精密地，密切地

adj. **close** 精密的

+ **closely** + watch / examine
  精密地 + 注意 / 檢驗

We will **closely** review the marketing data.
我們將 **仔細地** 審查行銷資料。

□ # **fortunate**

adj.幸運的

adv. **fortunately** 幸運地，幸虧

It's **fortunate** this product is ready for release after just 4 years.
幸運的是，這款產品在短短 4 年後即可發布。

---

② / **(C) completely**

Strong Man Fitness 為客戶提供完全免費的首次培訓。

這是修飾形容詞 free 的副詞的位置，從意思上來看，completely freeofcharge (完全免費) 最正確。
(A) likely 很可能地～，(B) exclusively 獨佔地，
(D) continually 繼續。

1

If you wish to receive a regular _____ for the world cosmetics industry, go to our official website or call us at 3434-0098.

(A) updating　　(B) updated

(C) updates　　(D) update

275
□ **manufacturer**

n. 製造商，廠商

n. **manufacture** 製造
v. **manufacture** 製造

MV Inc. is our main **manufacturer**.
MV Inc. 是我們的主要的製造商。

276
□ **research**

n. 研究，調查

n. **researcher** 研究人員
v. **research** 研究，調查
+ **research on** - 研究

We made this game after thorough **research**.
我們在徹底 **研究** 後製作了這款遊戲。

277
□ **solution**

n. 解決方法

v. **solve** 解決
+ **solution to** - 解決 -

The **solution** to this problem will be discussed at the product development meeting.
產品開發會議將討論解決此問題的 **解決方案**。

278
□ **upgrade**

n. 升級，提高品質

v. **upgrade** 升級，改善

Following this **upgrade**, you can use this program.
在 **升級** 之後，您可以使用這個程式。

---

❶ / (D) update

如果您希望獲得世界化妝品的定期更新，請造訪我們的官方網站或致電我們的電話 3434-0098。

冠詞 + 形容詞後面必須接名詞。

2 Canada Airlines has been providing VIP customers with a seat _____ from economy to business class for free.

(A) upgrade   (B) decline

(C) rise   (D) excess

279

□ # update

n. 更新，校正

v. **update** 更新
adj. **updated** 更新的

Our company offers customers a regular **update** for this model.
我們公司為客戶提供定期 **更新** 此型號。

280

□ # devise

n. 設計，發明

n. **device** 設備

= **contrive** 策畫，**invent** 發明

This new laser printer was **devised** by this company.
這台新的雷射印表機是由這家公司 **發明的**。

281

□ # material

n. 材料，原料

= **substance** 物質
+ **raw material** 原料，素材，原材料

Building **materials** can be purchased online.
建築 **材料** 可以在網路上購買。

282

□ # availability

n. 有效，可用性

adj. **available** 可獲得的

Customers must be informed about the **availability** of a product.
必須告知客戶產品的 **可用性**。

---

❷ ／ **(A) upgrade**

加拿大航空公司一直為 VIP 客戶免費提供從經濟艙到商務艙的座位升級服務。

from economy to business class（經濟艙到商務艙）為答案的線索，seat upgrade 的意思是『座位升等』，屬於複合名詞。(B) decline 減少，(C) rise 上升，(D) excess 超過。

產品
研發

動詞

①

The main responsibility of this recently hired marketing director is to _____ new marketing strategies in Eastern Europe.

(A) develops
(B) development
(C) develop
(D) developing

283
☐ **develop**

v. 開發

n. development 發展

He thinks this is the right time to **develop** and market new cars.
他認為現在是 **開發** 和推廣新車的適當時機。

284
☐ **inspect**

v. 檢查，檢閱

n. inspection 檢查，檢驗
inspector 檢驗員，視察者

= **explore** 探測，探究

Inspect the outgoing products before sending them.
在出貨之前 **檢查** 出廠產品。

285
☐ **explore**

v. 探索，探究

n. exploration 探測，探勘

These plans will be thoroughly **explored** in detail.
些計劃將得到徹底的 **探究**。

286
☐ **improve**

v. 改善，提高

n. improvement 增進，改進

= **upgrade** 升級，提高品質

Improving the quality of products is as important as developing products.
提高 產品品質與開發產品同等重要。

---

❶ / **(C) develop**
這位最近聘請的行銷總監的主要職責是制定新的東歐行銷策略。

由於空格是扮演主詞補語的 to 不定詞，空格必須放動詞原形。

2 The giant media group PA Association _____ to announce drastic departmental integration at the next shareholders' meeting.

(A) intends　　　　(B) consider

(C) appreciate　　(D) delay

287

□ # intend

v. 意圖，打算

n. **intention** 意圖，打算
intent 目的，意圖

The production manager **intended** to cancel the product development.
產品經理 **打算** 取消產品開發。

288

□ # originate

v. 起源於

+ originate in 起源於

This trend **originated** from teens.
這種趨勢 **起源於** 青少年。

---

❷ / **(A) intends**

巨型媒體組織 PA 協會打算在下一次股東大會上宣布大力部門整合。

由於空格是讓 to 不定詞當作受詞的動詞，(A) 為正確選項。其他選項無法將 to 不定詞作為受詞使用的動詞。(B) consider 考慮，(C) appreciate 謝謝，(D) delay 延期。

產品
研發

形容詞/
副詞 1

① The release of our new mobile phone model G88 was absolutely _____ although many were worried about the battery system.

(A) success

(B) successfully

(C) succeed

(D) successful

289

☐ **successful**

adj. 成功的

n. **success** 成功
v. **succeed** 成功
adv. **successfully** 成功地

If this model is **successful**, we will consider its mass production.
如果這種模式成功，我們將考慮其大規模 **生產**。

290

☐ **accomplished**

adj. 技藝高超的，完成的

n. **accomplishment** 成就，完成
v. **accomplish** 完成，達成

This bag is designed by **accomplished** artists.
這個包包是由 **技藝高超的** 藝術家設計的。

291

☐ **advanced**

adj. 先進的，高級的，年老的

n. **advancement** 進步，提昇
v. **advance** 前進，增加

Advanced ideas result in advanced products.
先進的 創意造就先進的產品。

292

☐ **valuable**

adj. 貴重的，有價值的

n. **value** 價值
v. **value** 價值
= **precious** 寶貴的

This product is made from **valuable** jewellery.
該產品由 **貴重的** 珠寶製成。

解題 Skill

❶ / (D) successful

雖然許多人擔心電池系統，但我們新推出的 G88 手機絕對是成功的。

這是主詞補語的位置，由於受副詞 absolutely 的修飾，所以必須放形容詞。(A) success 成功 (名詞)，(B) successfully 成功地 (副詞)，(C) succeed 成功 (動詞)。

Kim & Park Accounting firm has been providing _____ tax consulting services to clients at an affordable price since its inception.

(A) skilled   (B) sturdy

(C) tolerate   (D) reliable

293

invaluable

adj.寶貴的，無價的

Feedback from customers is **invaluable**.
來自客戶的回饋非常 **寶貴**。

294

reliable

adj.可靠的，可信賴的

n. **reliability** 可靠性
v. **rely** 依靠，信任
= trustworthy, dependable
值得信賴的，可靠的

The product development manager is seeking **reliable** survey results.
產品開發經理正在尋求可靠的調查結果。

295

certified

adj.有保證的，被證明的

n. **certification** 證明，證書
v. **certify** 證明，保證

Thirty percent of the staff involved in product development is **certified** engineers.
參與產品開發的員工中有 30% 是 **認證的** 工程師。

---

❷ / **(D) reliable**

Kim & Park 會計師事務所自成立以來以合理的價格為客戶提供可靠的稅務諮詢服務。

與 service 最合適的形容詞是 (D)。(A) skilled 老練的，(B) sturdy 壯實的，(C) tolerant 寬容的。

1 If you would like to address ＿＿＿＿ issues without delay when doing your own business, call the government's business support center at 222-0909.

(A) easy   (B) complicated

(C) confirm   (D) warranty

296
☐ # complicated

adj. 複雜的

v. **complicate** 複雜

The **complicated** product development procedure has been improved.
複雜的 產品開發流程得到了改進。

297
☐ # possible

adj. 可能的，合理的

n. **possibility** 可能性
adv. **possibly** 可能地，也許

≠ **impossible** 不可能的
+ **in any way possible**
　 任何可能的方法

It's **possible** to get a cost estimate.
有可能 獲得成本估算。

298
☐ # following

adj. 接著的，下列的

prep. **following** 在…以後

The **following** questions are from the production team.
以下的 問題來自生產團隊。

299
☐ # various

adj. 各式各樣的，不同的

n. **variety** 多樣化，多樣性
v. **vary** 變化，變異

This model will be developed in **various** shapes and sizes.
這個模型將被開發成 **各種** 形狀和大小。

---

❶ / **(B) complicated**

如果您想自己做生意時立即解決複雜的問題，請致電政府的商業支援中心，電話號碼為 222-0909。

此一位置應該放修飾名詞 issues 的形容詞，從意思上最自然的是 (B)。(A) easy 簡單的 (形容詞)，(C) confirm 確認 (動詞)，(D) warranty 保證書 (名詞)。

2 Although this month's employee training session for the new software is free, _____ registration is required as high attendance is expected.

(A) later   (B) late

(C) lower   (D) prior

300
☐ # simple

adj.簡單的

n. **simplicity** 簡易

The concept of design must be **simple**.
設計的概念必須 **簡單**。

301
☐ # prior

adj.先前的，優先的

n. **priority** 優先，重點

+ **prior to** 在 - 之前

Prior models are more popular than new models.
先前的 模型比新模型更受歡迎。

---

❷ / **(D) prior**

雖然本月在新軟體的員工培訓課程是免費的，但由於預計會有很高的出勤率，因此需要提前登記。

此一位置要放修飾名詞的形容詞。prior registration 是『事先登錄』的意思。(A) later 日後 (副詞)，(B) late 晚了 (形容詞)，(C) lower 降低 (動詞)。

生產
名詞

1

Workplace safety as well as overall _____ of the assembly line must be considered throughout the workday.

(A) produce
(B) produced
(C) productivity
(D) products

302

☐ **productivity**

n. 生產力

adj. **productive** 多產的，富有成效的

+ staff / employee + productivity
職員 / 員工 + 生產力

Poor staff **productivity** results in low company revenue.
員工 **生產力** 差導致公司收入下降。

303

☐ **quality**

n. 品質

v. **qualify** 有資格，勝任

Product **quality** will be checked by inspectors.
檢查員將檢查產品 **品質**。

304

☐ **capacity**

n. 容量，能力，資格

adj. **capacious** 廣闊的，容量大的，寬敞的

= **role** 角色，職責

Our assembly line is at full **capacity**.
我們的生產線負荷滿 **載**。

305

☐ **component**

n. 成分，零件

The **components** of the machine will be replaced soon.
機器的 **零件** 將盡快更換。

解測 Skill

❶ / **(C) productivity**
在工作的時間裡必須考慮工作場所的安全及裝配線的整體生產力。

形容詞 overall (全面的) 後面應該接名詞。
(A) produce 生產 (動詞)，(D) products 生產品 (名詞)。

2 We will take every _____ to ensure that products ordered arrive on the requested date.

(A) precaution   (B) tip

(C) advice   (D) rule

306
☐ # precaution

n. 預防措施，警惕

adj. **precautious** 有防備的

= **safeguard** 保護措施

We will implement safety **precautions**.

我們將實施安全 **防範措施**。

307
☐ # limit

n. 限制，限度

n. **limitation** 限制，限度
v. **limit** 限制
adj. **limited** 有限的

Workers at our factory have been working to the **limit** of their capabilities.

我們工廠的工人一直在 **盡** 其所能工作。

308
☐ # success

n. 成功，勝利

v. **succeed** 成功
adj. **successful** 成功的

The **success** of products depends on both quality and reliability.

產品的 **成功** 取決於品質和可靠性。

---

❷ / **(A) precaution**

我們會採取一切預防措施，確保訂購的產品在要求的日期到達。

牢記 take precautions『採取預防措施』此一片語吧！
(B) tip 資訊，(C) advice 建議，(D) rule 規則。

生產

動詞

PAG Inc. announced the merger with ABC Shoes, a company that _____ hiking boots and sports gear.

(A) produces   (B) producing

(C) produce   (D) products

309

☐ # **produce**

v. 生產

n. **product** 產品
production 生產，產量
productivity 生產力

= **turn out** 結果是，證明是

We **produce** only the freshest processed food.

我們只 **生產** 最新鮮的加工食品。

310

☐ # **equip**

v. 裝備，配備

n. **equipment** 裝備，設施

+ **equip A with B** 以 A 裝備 B
be equipped with 裝備

We will **equip** this office with an up-to-date printing system.

我們將為這個辦公室配備一個最新的列印系統。

311

☐ # **operate**

v. 操作，運轉

n. **operation** 操作，手術
adj. **operational** 操作的，運作的

Only those with a license can **operate** the machine.

只有持有許可證的人才能 **操作** 這部機器。

312

☐ # **arrange**

v. 安排，籌備

n. **arrangement** 安排，整理

Please **arrange** the workplace securely.

請安全地 **安排** 工作場所。

---

❶ / (A) produces

PAG Inc. 宣布與 ABC Shoes 合併，一間生產登山鞋和運動裝備的公司。

a company 為先行詞，that 為主詞關係代名詞，空格為動詞的位置。a company 是第 3 人稱單數，動詞必須加上 -s。

2 Please _____ an order by today or you will miss the chance to get our bookshelves at half price.

(A) place　　　　　　(B) achieve

(C) resign　　　　　　(D) proceed

---

313 □ **utilize**

v. 利用，使用

n. **utilization** 利用，使用

= use 使用

Staff should be thoroughly familiar with this manual before **utilizing** the machine.

在 **使用** 這部機器之前，工作人員應該完全熟悉本手冊。

---

314 □ **place**

v. 放置，安置

n. **placement** 安置

= leave 留下
  put 放置

Place the finished products in the cart.

將成品 **放入** 手推車。

---

❷ / **(A) place**

請在今天之前下訂單，否則您將錯失以半價購買我們書架的機會。

place an order 是意思為『訂購』的片語。

(B) achieve 成就，(C) resign 辭職，(D) proceed 進行。

生產

形容詞/
副詞

① It is believed that the growth and success of our company is reliant on having strong and _____ employees, such as yourself.

(A) capable (B) interesting

(C) exciting (D) satisfying

315

□ **capable**

adj.有能力的，能勝任的

n. **capability** 能力

≠ incapable 無能力的，不能勝任的

We need a place **capable** of storing 1,000 boxes.
我們需要一個 **能夠** 存放 1000 個箱子的地方。

316

□ **tailored**

adj.特製的，合身的

v. **tailor** 裁縫師，裁縫

This machine was **tailored** by our request.
這台機器是根據我們的要求 **量身定做的**。

317

□ **flexible**

adj.有彈性的，靈活的，易適應的

n. **flexibility** 彈性，靈活性

Flexible working hours proved to be effective.
彈性 工時被證明是有效的。

318

□ **comparable**

adj.可比較的，比得上的

v. **compare** 比較
n. **comparison** 比較

≠ incomparable 無法比擬的
+ be comparable to 可比擬的

The two products are **comparable** in production costs.
這兩種產品的生產成本 **相當**。

---

❶ / **(A) capable**

相信公司的成長和成功依賴於擁有強大而有能力的員工，比如你自己。

空格是形容詞，使用對等連接詞 and 連接 strong（強的），必須修飾人物名詞 employees（職員們）。只修飾事物名詞的 (B) interesting（有趣的），(C) exciting（刺激的），(D) satisfying（滿足的）無法成為正確答案。

2 When turning in an expense report for a business trip, employees must list accommodation expenses _____ from expenses for meals.

(A) arguably (B) separately

(C) approximately (D) readily

---

319 ☐

separately

adv.分開地，分別地

n. **separation** 分開
adj. **separate** 使分開，分別

= individually 個別地
  respectively 分別地，各自地

All items are packed **separately**.
所有項目都 **分開** 包裝。

320 ☐

respectively

adv.分別地，各自地

Label the product boxes,
respectively.
分別 為產品盒貼上標籤。

---

❷ / **(B) separately**

在繳交出差費用報告時，員工必須將住宿費用與膳食費用分開列出。

由於選項全都是副詞，必須掌握意思找到正確答案。內容上與介系詞 from 最合適的 (B) separately (分別) 是正確答案。(A) arguably 按理說，(C) approximately 大致上，(D) readily 順利地。

產品
管理
名詞

① The auto _____ shop you are looking for is located on 5th Avenue and can be reached by bus in 15 minutes from here.

(A) repair
(B) repairing
(C) to repair
(D) had repaired

321
☐ **status**

n. 身分，地位，狀態，情況

The **status** of the progress should be reported directly to the supervisor.
進度狀態應直接報告給主管。

322
☐ **repair**

n. 修理

n. **repairman** 維修人員
adj. **repairable** 可維修的
+ be under repair 正在修理中

Items needing **repairs** were sent back.
需要 **修理的** 物品被送回。

323
☐ **method**

n. 方法，方式

= **approach** 方法，方式

They are satisfied with the **method** of the product management.
他們對產品管理的 **方法** 感到滿意。

324
☐ **defect**

n. 缺點，缺陷

adj. **defective** 有缺陷的
= **flaw** 瑕疵

Detecting any **defects** is your job.
檢測任何 **缺陷** 是你的工作。

答對
Skill

❶ / **(A) repair**
您正在尋找的汽車修理店位於第五大道，可從這裡乘坐巴士 15 分鐘到達。

auto repair shop 是有『汽車修理店』意思的複合名詞。

2 Please do not forget to provide customers with an expected delivery date and a _____ number.

(A) confirms   (B) confirm

(C) confirming   (D) confirmation

325

☐ # flaw

n. 瑕疵

adj. **flawed** 有瑕疵的
     flawless 無瑕疵的

Even a small **flaw** is not allowed.
即使是一個小 **缺陷** 也是不允許的。

326

☐ # inventory

n. 存貨清單，存貨

= stock 庫存

It may take a long time for you to dispose of the **inventory**.
您可能需要很長時間才能處理 **庫存**。

327

☐ # stock

n. 庫存，股票

v. **stock** 囤積

= inventory, supplies 存貨
+ in stock 有現貨的，現有
     out of stock 無存貨

Fortunately, the product customers ordered was in **stock**.
幸運的是，客戶訂購的產品有 **現貨**。

328

☐ # confirmation

n. 確認，證實

v. **confirm** 確認

+ confirmation of 確認

To find the product you need, first check the **confirmation** number.
要找到您需要的產品，請首先檢查 **確認** 號碼。

---

❷ / **(D) confirmation**
請不要忘記向客戶提供預計的交貨日期和確認號碼。

confirmation number 是有『確認號碼』意思的複合名詞，(B) confirm 確認（動詞）。

產品
管理

動詞

1 To _____ the expected quality level by clients, supervisors must periodically conduct quality-control tests.

(A) maintain
(B) decline
(C) delay
(D) refuse

329

□ # observe

v. 觀察，注意到，遵守，說

n. **observance** 遵守
observation 觀察力
adj. **observant** 觀察力敏銳的

Please **observe** the procedure recommended by the quality management team.
請 **遵守** 品質管理團隊建議的程序。

330

□ # monitor

v. 監測，監視，監聽

n. **monitor** 顯示器，監視器

Closely **monitor** how the effectiveness can apply.
密切 **監測** 效果如何應用。

331

□ # maintain

v. 維持，保持

n. **maintenance** 維持

= **keep** 保持

Is it hard to **maintain** the product management system?
維護 產品管理系統很難嗎？

332

□ # enhance

v. 提高，增加，加強

n. **enhancement** 提高，增加，加強

= **improve** 改善
reinforce, strengthen 增強

Our products' quality has been **enhanced** due to the new quality control system.
由於新的品質控制體系，我們的產品品質得到了提升。

---

❶ / **(A) maintain**

為了保持客戶預期的品質水準，主管必須定期進行品質控制測試。

to 不定詞後面接動詞原型。maintain the expected quality level 有『維持預期的品質水準』的意思。
(B) decline 減少，(C) delay 延期，(D) refuse 拒絕。

By renewing our All Care Programs this year, you can
_____ the one-year warranty on your car for an extra
two years.

(A) extended   (B) extends

(C) extending   (D) extend

333

□ install

v. 安裝，設置

n. **installment** 安裝

= **set up** 設立

Do not **install** the program without
permission.
未經許可不得 **安裝** 該程式。

334

□ extend

v. 擴大，延長

n. **extension** 延伸，延長
adj. **extensive** 廣闊的，廣大的

If you **extend** the deadline, we can
finish it on schedule.
如果您 **延長** 截止日期，我們可以按計劃
完成。

335

□ confirm

v. 確認

n. **confirmation** 確認

= **verify** 證明
+ **confirm a reservation** 確認預約

We **confirmed** that the product was
not defective.
我們 **確認** 產品沒有缺陷。

336

□ tear

v. 撕裂

n. **tear** 裂縫

+ **tear down** 撕毀

Never **tear** the box or the contents
can be damaged.
切勿 **撕扯** 外盒以免內容物可能被損壞。

---

❷ / **(D) extend**   助動詞 can 後需接動詞原型。

透過續用我們今年的 All Care 計劃，您可以
將汽車的一年保修期再額外延長兩年。

產品
管理

形容詞/
副詞

1

_____ merchandise can be refunded or exchanged within 7 days from the purchasing date if the original receipts are accompanied.

(A) Defective　　　　(B) Capable

(C) Efficient　　　　(D) Spacious

337

□ # defective

adj. 有缺陷的

n. **defect** 缺陷，瑕疵
adj. **defectively** 有瑕疵地

= **faulty** 有缺陷的

No merchandise seems **defective**.
似乎沒有商品是 **有缺陷的**。

338

□ # necessary

adj. 必要的

adv. **necessarily** 必要地，必然地

Strict quality control is **necessary**.
嚴格的品質控制是 **必要的**。

339

□ # disposable

adj. 可丟棄的

Disposable cups are not provided.
沒有提供 **一次性** 杯子。

340

□ # domestic

adj. 國內的，家庭的

To be competitive in the **domestic** market, we improved the quality system.
為了在 **國內** 市場具有競爭力，我們改進了品質體系。

---

❶ / **(A) Defective**

如果附上原始收據，有瑕疵的商品可以在購買日期後的 7 天內退換貨。

答案的線索為 refunded or exchanged。defective merchandise 有『不良品』的意思。
(B) Capable 可作 -，(C) Efficient 有效的，
(D) Spacious 寬敞的。

2 Both _____ and international flight fares have become expensive because of recent rising oil prices.

(A) domesticate   (B) domestically

(C) domesticated   (D) domestic

341

periodic

adj. 定期的

n. **period** 週期，時期
periodical 期刊
adv. **periodically** 定期地

A **periodic** quality check has been implemented.
定期的 品質檢查一直都有在執行。

342

aware

adj. 意識到的，察覺的

n. **awareness** 意識，覺悟
+ **be aware of / that** 句 知道

Be **aware** that high-quality products come from strict quality control.
請 **注意**，高品質的產品來自嚴格的品質控制。

---

❷ / **(D) domestic**

由於近期油價上漲，國內和國際航班票價已經變得昂貴。

both A and B (A 和 B 一起) 片語中 A 和 B 應該為相同詞類，跟 international 同樣為形容詞的選項為正確答案。(A) domesticate 馴養 (動詞)，(B) domestically 國內 (副詞)，(C) domesticated (動物) 馴養的 (形容詞)。

顧客
管理
名詞1

 1

Extra customer service representatives have been employed in order to deal with _____ requests more quickly.

(A) employee

(B) customer

(C) employer

(D) realtor

343

☐ # customer

n. 顧客

= patron, loyal customer
老主顧，忠誠客戶

We deem **customer** satisfaction as our top priority.
我們認為 **客戶** 滿意度是我們的首要任務。

344

☐ # clientele

n. 客戶，顧客

A high-class **clientele** attended the event.
一位高級 **客戶** 參加了此次活動。

345

☐ # satisfaction

n. 滿意

v. **satisfy** 滿意
adj. **satisfactory** 滿意的

= content 滿足的
≠ dissatisfaction 不滿意
+ to one's satisfaction
令某人滿意

The **satisfaction** survey results were very positive.
滿意度 調查結果非常正面。

346

☐ # complaint

n. 抱怨

v. **complain** 抱怨

= grumble 發牢騷
≠ praise, compliment 稱讚

General **complaints** are handled by the Customers Management Team.
一般 **投訴** 由客戶管理團隊處理。

 解題 Skill

❶ / (B) customer

增加僱用客服人員，以便更快地處理客戶需求。

customer requests 是有『客戶要求』意思的複合名詞。
(A) employee 員工，(C) employer 雇主，
(D) realtor 不動產業者。

In _____ to repeated requests from factory workers, the management has set up a new kiosk near the entrance.

(A) responding

(B) respond

(C) responded

(D) response

347

relation

n. 關係

adj. **related** 有關聯的

Excellent customer **relations** is our firm's strength.
優秀的客戶 **關係** 是我們公司的優勢。

348

questionnaire

n. 問卷調查

n. **question** 問題，詢問

Please fill in this **questionnaire** and get a gift certificate.
請填寫此 **問卷** 並獲得禮券。

349

response

n. 回覆，回應

v. **respond** 回答，回覆

+ in response to 回答

Our client's **response** to the new car was unfavorable.
我們客戶對新車的 **反應** 不佳。

---

❷ / (D) response

為了響應工廠工人的多次要求，管理部門在入口處附近建立了一個新的售貨亭。

in response to + 名詞是有『回覆 -』意思的片語。

Senior accountants and members of finance at HG Oil had a very hectic week to meet the filing deadline for tax _____ .

(A) retires　　　　(B) returns

(C) reuses　　　　(D) resigns

350

□ **return**

n. 返回，歸還，還

v. **return** 返回，送回

+ in return for 替換，作為…的回報

If you want the **return** of the machine, please contact us.
如果您想要歸還機器，請聯繫我們。

351

□ **bill**

n. 帳單，鈔票

v. **bill** 發帳單

= **check** 鈔票

The **bill** is included in this letter.
帳單 包含在這封信中。

352

□ **convenience**

n. 便利，方便

adj. **convenient** 方便的

≠ inconvenience 不方便

For your **convenience**, we sent two copies of the agreement.
為了您的方便，我們發送了兩份協議。

353

□ **inconvenience**

n. 不方便

v. **inconvenience** 打擾
adj. **inconvenient** 不方便的

≠ **convenience** 方便的

We are sorry for any **inconvenience** caused by our center's relocation.
對於我們中心搬遷造成的 **不便**，我們深表歉意。

---

❶ / (B) returns

HG 石油公司的高級會計師和財務人員為了報稅申請的截止日期而忙碌了一週。

屬於介系詞的受詞，因此空格應填入名詞。tax returns 是有『退稅』意思的複合名詞。(A) retires 退休，(C) reuses 重新使用，(D) resigns 辭職。

2 All airlines in Thailand have the right to change their flight schedules without _____ to passengers beforehand.

(A) notifies   (B) notifying

(C) notified   (D) notification

354
☐ # notification

n. 告知

v. **notify** 通知

+ notification of 通知

Our VIP customers will receive a prior **notification** on discount events.

我們的 VIP 客戶將收到關於折扣活動的提前 **通知**。

355
☐ # commentary

n. 評論，註釋

v. **commentate** 解說

The brochure contains a brief **commentary** on our new products.

該手冊包含對我們新產品的簡短 **評論**。

---

❷ / **(D) notification**

泰國境內的所有航空公司都有權在未事先通知乘客的情況下更改其航班時刻表。

為介系詞的受詞，空格需填入名詞。

(A) notifies 通知 (動詞)。

顧客
管理

動詞1

Employees _____ that our company's salaries are much lower than those of our competitors.

(A) appreciate (B) praise

(C) commend (D) complain

356

☐ **complain**

v. 抱怨

n. **complaint** 抱怨

Customers don't **complain** and they feel satisfied.
顧客沒有 **抱怨**，而且他們感到滿意。

357

☐ **inquire**

v. 詢問，查問

n. **inquiry** ，

If you would like to **inquire** about our refund policy, email us.
如果您想 **查詢** 我們的退款政策，請發電子郵件給我們。

358

☐ **interact**

v. 互動，互相影響

n. **interaction** 相互作用
adj. **interactive** 相互作用的

Try to **interact** with customers to get to know them better.
嘗試與客戶 **互動** 以更了解他們。

359

☐ **face**

v. 面對，朝，向

= **confront** 面臨，遇到

If you **face** any problem in using our product, refer to the email.
如果您在使用我們的產品時 **遇到** 任何問題，請參閱電子郵件。

哎咧 Skill

❶ / (D) complain
員工抱怨說，我們公司的薪水比競爭對手的薪水要低得多。

由於內容是在抱怨『薪水較低』，因此 (D) 為正確。
(A) appreciate 了解真正的價值，(B) praise 稱讚，
(C) commend 推薦。

2 The purpose of this year's conference, to be held on July 12, is to help the CEOs _____ issues regarding a pay dispute.

(A) handle   (B) handles

(C) handling   (D) handled

360
□ # deal

v. 處理，交易，對待

n. **deal** 交易

= handle 處理
+ deal with 面對
  a good deal 一場好的交易

MK Colo opened another service center to **deal** with customer issues.
MK Colo 開設了另一個服務中心來 **處理** 客戶問題。

361
□ # handle

v. 處理，應付

n. **handling** 處理

= treat 款待
  take care of, manage 照顧，處理

The issues have been **handled** very successfully.
這些問題已經被成功 **處理**。

362
□ # reflect

v. 反射，反映

n. **reflection** 反射，反映

= indicate, show 指示，表示
  match 相配

The increased revenue **reflects** our outstanding customer service.
增加的收入反映了我們傑出的客戶服務。

---

❷ / **(A) handle**

今年的會議將於 7 月 12 日舉行，旨在幫助執行長們處理有關薪酬爭議的問題。

為『help + 受詞 + 動詞原形』的結構。

A sudden increase in product prices last year _____ a considerable drop in sales.

(A) causes

(B) is caused

(C) caused

(D) is causing

---

363 ☐ **protect**

v. 保護，防護

n. **protection** 保護，保衛
adj. **protective** 保護的

To **protect** it from damage, pay careful attention.

為了 **保護** 它免受損壞，請小心留意。

364 ☐ **cause**

v. 導致，引起

n. **cause** 原因

+ cause + damage / malfunction / delay 造成 + 傷害 / 故障 / 延宕

The frequent defect **caused** the severe decline in sales.

頻繁的瑕疵 **導致** 銷售嚴重下滑。

365 ☐ **disappoint**

v. 失望

n. **disappointment** 沮喪
adj. **disappointed** 感到失望的
disappointing 令人失望的

Customers were **disappointed** with their poor customer management.

客戶對他們糟糕的客戶管理 **感到失望**。

366 ☐ **suppose**

v. 認為，應當

I don't **suppose** customers' response is better.

我不 **認為** 客戶的反應更好。

---

❶ / **(C) caused**

去年產品價格突然上漲導致銷售額大幅下降。

句子裡有副詞子句 last year (去年)，因此空格需出現過去時態。

2 Arrival and departure times and detailed schedules are
_____ in the business trip report.

(A) included   (B) including

(C) includes   (D) include

367
□ # confuse

v. 使困惑

adj. **confused** 感到困惑的
    confusing 令人困惑的

They are **confused** about the change made to the location last month.
他們對上個月所做的改變感到困惑。

368
□ # include

v. 包含

n. **inclusion** 包括,內含物
adj. **inclusive** 包含的

= **contain** 容納
≠ **exclude** 不包括

Include the customer satisfaction survey results in the report.
將客戶滿意度調查結果 **納入** 報告。

369
□ # reach

v. 達到,到達

n. **reach** 範圍,區域
adj. **reachable** 可達成的,可獲得的

To **reach** our sales goal, we must expand our customer service.
為了達到我們的銷售目標,我們必須擴大我們的客戶服務。

370
□ # combine

v. 結合

n. **combination** 結合,聯合
adj. **combined** 組合的,結合的

The customer center and repair center will be **combined**.
客戶中心和維修中心將進行合併。

---

❷ / (A) included

到達和離開時間以及詳細時間表包含在出差報告中。

主詞行程狀態為被動,意思應為『被包含』,因此 be 動詞後出現過去分詞為正確。

顧客
管理

形容詞/
副詞

For the agreement to be _____ , both parties must sign it before December 24 this year.

(A) valid (B) validate

(C) validates (D) validity

371

□ **confident**

adj. 有信心的

n. **confidence** 自信，信心
adv. **confidently** 有信心地

+ with a confident manner
以有自信的態度

We are **confident** that customers will be satisfied with our center.

我們 **相信** 客戶會對我們的中心感到滿意。

372

□ **interactive**

adj. 互動的，相互作用的

n. **interaction** 互動
v. **interact** 互動

We will develop the **interactive** customer service.

我們將開發 **互動式** 客戶服務。

373

□ **valid**

adj. 有效的

= **effective** 有效的，有效果的
≠ **invalid** 無效的
+ be valid for + 對 - 有效的
valid receipts 有效的憑據

The coupon issued for customers is **valid** until the end of the year.

發給客戶的優惠券 **有效** 期限至年底。

374

□ **regular**

adj. 規律的，定期的

adv. **regularly** 定期地

≠ **irregular** 不規律的，不定期的
+ regular + meeting / schedule / assessment
定期的 + 會議 / 行程表 / 評估

The discount event was offered only to **regular** customers.

折扣活動只提供給 **普通** 客戶。

解題
Skill

❶ / **(A) valid**

為使協議有效，雙方必須在今年 12 月 24 日之前簽署。

to 不定詞結構中的 be 動詞後面為補語的位置，須填入形容詞。

(B) validate 認證 (動詞)，(D) validity 有效的 (名詞)。

2

MK International Museum will be offering _____ admission to its 7th craft exhibition on Saturday March 19.

(A) quote
(B) free
(C) quite
(D) expensively

375
☐ **free**

adj. 免費的，自由的

= complimentary 贈送的
+ for free 免費的
  toll-free 免電話費的

The **free** service coupon is available exclusively for members.

<u>免費</u> 服務優惠券僅供會員使用。

376
☐ **apart**

adv. 分開地

+ apart from 脫離

The two service centers are located 500 meters **apart**.

兩個服務中心 **相隔** 500 公尺。

---

❷ / **(B) free**

MK 國際博物館將於 3 月 19 日星期六免費提供第七屆手工藝展覽。

需填入修飾名詞的形容詞。free admission 有『免費入場 (券)』的意思。(A) quote 引用 (動詞)，(C) quite 相當 (副詞)，(D) expensively 昂貴地 (副詞)。

CK International Inc. announced that it would _____ its service line into overseas markets, especially countries like the U.S., Canada, and Mexico.

(A) expand (B) expands

(C) expansion (D) expansive

---

377 ☐ **establish**

v. 建立

n. **establishment** 建立
adj. **established** 已建立的

The head office in Rome was **established** in 1995.
羅馬總部 **成立於** 1995 年。

---

378 ☐ **run**

v. 經營，運轉

= **operate, manage** 操作，經營

The shareholders always want to know in detail how the company is **run**.
股東總是想詳細了解公司的 **運作** 方式。

---

379 ☐ **initiate**

v. 發起

n. **initiative** 主動權

The company **initiated** resort services in the travel business with huge success.
該公司在旅遊業務中發起了度假服務，獲得了巨大成功。

---

380 ☐ **emerge**

v. 浮現，暴露

n. **emergence** 出現
adj. **emergent** 突現的

+ **emerge as** 出現

More business opportunities are expected to **emerge** in the Asia market.
預計亞洲市場將出現更多商機。

解題 Skill

❶ / (A) expand
CK 國際公司宣布將擴大服務範圍至海外市場，特別是美國、加拿大和墨西哥等國家

助動詞 would 後接動詞原形。(C) expansion 擴張（名詞），(D) expansive 廣闊的（形容詞）。

Owing to a booming local economy in Nagasaki Japan,
clothing company JS Apparel _____ there next winter.

(A) was relocated   (B) to relocate

(C) will relocate   (D) relocated

381
☐
merge

v. 合併，融合

n. **merger** 吸收

= **amalgamate** 合併

+ **merge and acquisitions (M&A)**
合併及獲得

The two giant banks in Japan
merged last year.
日本這兩大銀行去年 **合併**。

382
☐
relocate

v. 重新安置

n. **relocation** 重新安置，遷移

The company announced that it
will **relocate** to Liverpool.
該公司宣布將 **遷往** 利物浦。

---

❷ / **(C) will relocate**
由於日本長崎地區經濟蓬勃發展，服裝公司
JS Apparel 將於明年冬天遷往那裡。

副詞子句為 next winter（明年冬天），空格需填入未
來時態。

① The newly hired vice president, Yamamoto Shikirom, will
_____ orientation for all new sales representatives.

(A) alter
(B) imply
(C) relocate
(D) oversee

383
□ **oversee**

v. 監督

= **supervise** 指導

All business transactions in this area
are **overseen** by the local branch
office.
該地區的所有商務往來均由當地分支機構
監督。

384
□ **weaken**

v. 變弱

≠ **strengthen** 加強

This year's recession may **weaken**
our sales.
今年的經濟衰退可能會 **削弱** 我們的銷
售量。

385
□ **succeed**

v. 成功，辦妥

n. **success** 成功
adj. **successful** 成功的
   successive 連續的，接替的

AZ.com hopes that its plan will
succeed.
AZ.com 希望其計劃能夠取得 **成功**。

386
□ **accept**

v. 接受，承認

n. **acceptability** 可接受性
adj. **acceptable** 可接受的

≠ **reject** 拒絕

Commercial banks are reluctant to
accept loan applications by small
companies.
商業銀行不願意 **接受** 小公司的貸款申請。

---

① / **(D) oversee**
新聘請的副總裁山本志文將監督所有新銷售
代表的方針。

與受詞 orientation（定位）意思上最有關聯的是的是動
詞 (D)。(A) alter 變更，(B) imply 暗示、relocate 轉移。

2 I will _____ the full-time offer, as flexible work hours and the excellent employee benefit package appeal to me.

(A) return

(B) reject

(C) accept

(D) present

387
□ # imply

v. 暗示，意味，隱含

= suggest 建議，暗示

This year's record sales reduction **implies** uncertainty for upcoming years.
今年唱片的銷售額下降 **意味著** 未來幾年的不確定性。

388
□ # announce

v. 宣布

n. **announcement** 宣布

We will **announce** the expansion plan soon.
我們很快會 **宣布** 擴展計劃。

389
□ # cover

v. 覆蓋，代替，涉及

n. **coverage** 覆蓋範圍

= report on 報告
  pay 報答

Plans for a merger **cover** budget planning.
編列預算包含在 **合併** 計畫內。

---

❷ / **(C) accept**
我會接受全職合約，因為靈活的工作時間和優秀的員工福利計劃對我有吸引力。

因為關於全職工作的提議使用 flexible、excellent 等具肯定意思的形容詞說明，以 (C) 在意思上較為自然。
(A) return 歸還，(B) reject 拒絕、present 出現。

公司
動向

動詞3

①

The firm had acquired the giant media company PA Group before it _____ the video game company GOGO 21.

(A) acquires (B) acquire

(C) acquired (D) acquiring

390

☐ **acquire**

v. 獲得，取得

n. **acquisition** 獲得，取得物
adj. **acquired** 已獲得的，已成習慣的

Many CEOs wish to **acquire** the company.

許多執行長希望收購該公司。

391

☐ **persist**

v. 堅持，固執，持續

n. **persistence** 堅持，持續，主張
adj. **persistent** 堅持的

If a heavy loss **persists**, we will dispose of the business.

如果 **持續** 重大損失，我們將處置該項業務。

392

☐ **last**

v. 持續

adj. **last** 最後的，最近的，最終的
adv. **last** 最後，最近一次

The economic depression **lasted** longer than expected.

經濟蕭條 **持續** 時間長於預期。

393

☐ **contribute**

v. 貢獻，出力

n. **contribution** 貢獻，出力
  contributor 貢獻者

The San Diego branch **contributes** little to the company's revenue.

聖地亞哥分公司對公司的收入 **貢獻** 不大。

---

❶ / **(C) acquired**

在收購電子遊戲公司 GOGO 21 之前，該公司收購了巨大的媒體公司 PA Group。

動詞 had acquired 為過去式，所以 before 帶出的副詞子句使用過去式的 **(C)** 為正確。

The CEOs must let employees think about how they can
_____ to the company's success.

(A) contributed   (B) contributions

(C) contribute   (D) contributor

394

□ # concern

v. 擔心，關心，涉及

adj. **concerned** 關心的，擔心的
prep. **concerning** 關於

= worry 擔心
    involve 涉及
+ be concerned about 關心

Investors are **concerned** about the merger.
投資者 **擔心** 合併。

395

□ # misplace

v. 錯放，誤置

Do not **misplace** the travel documents during the business trip.
出差期間請勿 **錯放** 旅行證件。

396

□ # waive

v. 放置，放棄

ABC Mart will **waive** any delivery charges for the next 2 weeks only.
ABC Mart 將在接下來的 2 週內 **免除** 任何運費。

---

❷ / (C) contribute

執行長必須讓員工思考如何為公司的成功做出貢獻。

助動詞後面接動詞原形，選項 (C) 為正確。
(B) contributions 貢獻 (名詞)，
(D) contributor 貢獻者 (名詞)。

① If you are _____ in applying for the accountant position, please contact Ms. Kang at godaa@jobs.com.

(A) curious　　　　　(B) including

(C) inquisitive　　　 (D) interested

397

☐ # concerned

adj. 擔心的，關心的

n. **concern** 關心
v. **concern** 關心，擔心

+ be concerned about 關心，擔心
　be concerned with 關注

Companies are **concerned** about this year's continuous recession.
公司 **擔心** 今年的持續衰退。

398

☐ # interested

adj. 感到有興趣的，關心的

n. **interest** 興趣
adj. **interesting** 有趣的

+ be interested in 對 - 有興趣

Most people attending the job fair were **interested** in HB company.
大多數參加招聘會的人都對 HB 公司 **感興趣**。

399

☐ # vital

adj. 重要的

adv. **vitally** 重要地，十分

It's **vital** to increase product quality.
提高產品品質至關 **重要**。

400

☐ # independent

adj. 獨立的，自主的

≠ dependent 依賴的
+ independent agency 獨立機構

This grant appeals to **independent** organizations.
此贈款吸引 **獨立** 組織。

---

❶ / **(D) interested**

如果您有興趣申請會計職位，請以 godaa@jobs.com 聯繫 Kang 女士。

be 動詞後為補語形容詞的位置，be interested in 有『對 - 關心 [有興趣]』的意思。(A) curious 好奇心多的，(B) including 包含 -，(C) inquisitive 追根究底的。

2 After taking part in the annual workshop, employees felt that it was very _____ for them to keep up with the latest trend.

(A) dangerous
(B) vital
(C) useless
(D) dependent

401
☐ **timely**

adj.即時的，適時的

+ in a timely manner 適時的

Double Mall took **timely** actions to deal with a slump in stock prices.
Double Mall **即時的** 採取行動以因應股價暴跌。

402
☐ **improbable**

adj.不大可能的，未必確實的

It seems **improbable** that Mr. Parker will be promated as a manager.
派克先生將被晉升為經理似乎**不太可能**。

---

❷ / **(B) vital**

參加年度研討會後，員工認為讓他們跟上最新趨勢非常重要。

be 動詞後要加主詞補語的形容詞，意思上以
(B) vital (必須地) 為正確。
(A) dangerous 危險的，(C) useless 無用的，
(D) dependent 依存的。

出差/
旅行

名詞1

1

Make a reservation for the guided _____ with Travel Now and receive 2 free ferry tickets valid until the end of this month.

(A) budget (B) shipment

(C) tour (D) period

403

☐ # tour

n. 旅行，觀光

n. **tourist** 觀光客

+ **on tour** 巡迴中
  tour +/ 旅遊 - 旅行

The guided **tour** is not provided this time.
此次不提供 **導覽**。

404

☐ # itinerary

n. 旅程，路線

A detailed **itinerary** will be sent to you by email.
詳細的 **行程** 將以電子郵件發送給您。

405

☐ # destination

n. 目的地

v. **destine** 註定

The final **destination** of this tour will be changed due to the harsh weather.
由於天氣惡劣，此行程的最終 **目的地** 將會改變。

406

☐ # duration

n. 期間，持續

I don't enjoy trips of the **duration** is less than a week.
我不喜歡 **為期** 不到一週的旅行。

聽測 Skill

❶ / (C) tour

使用 Travel Now 預訂導覽之旅，並獲得 2 張有效期至本月底的免費渡輪門票。

Travel、ferry tickets 是正確答案的線索。
guided tour 有『有導遊的導覽旅行』之意，
(A) budget 預算，(B) shipment 運送，(D) period 期間。

2 For the _____ of the promotion, MK Shopping is waiving shipping fees for all purchases.

(A) tenure　　　　(B) past

(C) rent　　　　(D) duration

□ 407

accommodation

n. 膳宿，住處

v. **accommodate** 使適應，容納，調解

The reservation for **accommodations** has been successfully made.
預訂 **住宿** 已成功完成。

□ 408

lodging

n. 寄宿，借宿

v. **lodge** 暫住

In order to find **lodging**, refer to the email I sent.
為了找到 **住宿**，請參閱我發送的電子郵件。

---

❷ / **(D) duration**

在促銷期間，MK Shopping 將免除所有購買的運費。

介系詞 For 和 promotion 為正確答案的線索。for the duration of the promotion 有『促銷期間』的意思。(A) tenure 在職時間，(B) past 過去，(C) rent 租金。

出差/
旅行

名詞2

① Anyone who finds unattended _____ should inform the airport's security team members.

(A) bags （B) baggage

(C) begs （D) bag

409

☐ **carrier**

n. 運送者，帶菌者，遞送員

Our **carrier** won't provide in-flight food and beverage.
我們的 **運營商** 不會提供機上食品和飲料。

410

☐ **baggage**

n. 行李

= luggage 行李
+ baggage claim 行李領取處

Go this way to **baggage** claim.
走這條路去 **行李** 領取處。

411

☐ **duty**

n. 關稅，責任，義務，職責

= tax
+ on duty 值勤中

Duty free shops are closed today.
免 **稅** 店今天關閉。

412

☐ **customs**

n. 海關

+ customs regulations 海關條例
customs clearance 報關
go through customs 過海關

The **customs** declaration form must be filled in first.
海關 申報單必須先填寫。

解題 Skill

❶ / **(B) baggage**
任何人發現無人看管的行李應通知機場的安全團隊成員。

需填入被形容詞修飾的名詞位置，且線索為 airport。
(B) 為正確選項。unattended baggage 有『被放置的（沒有主人的）行李』。(A) bags 包包（名詞），(C) begs 懇求（動詞）。

When boarding the plane, _____ should show their boarding passes to the flight attendants.

(A) recruits   (B) pilots

(C) passengers   (D) hostages

413
☐ **passenger**

n. 乘客

Passengers just started boarding.
乘客們 剛剛登機。

414
☐ **brochure**

n. 手冊，小冊子

This **brochure** contains useful travel information.
本 **手冊** 包含實用的旅行資訊。

415
☐ **booklet**

n. 小冊子

You can pick up the **booklets** in the lobby.
你可以在大廳領取 **小冊子**。

---

❷ ／ **(C) passengers**

乘坐飛機時，乘客應向機艙服務員出示登機證。

boarding passes（登機證）與 passengers（乘客）相關。

(A) recruits 新兵，(B) pilots 飛行員，(D) hostages 人質。

出差/
旅行

名詞3

It's vital that supervisors let employees know what procedures to follow in the event of an _____ .

(A) emerging (B) emergency

(C) emerge (D) emerged

416
□ **souvenir**

n. 紀念品

What is a good local **souvenir**?
有什麼好的當地 **紀念品**？

417
□ **impression**

n. 印象

v. **impress** 使銘記
adj. **impressive** 令人難忘的

Prague gives most people a good **impression**.
布拉格給大多數人一個好 **印象**。

418
□ **emergency**

n. 緊急狀況，突發事件

In case of **emergency**, call us at 222-0887.
如遇 **緊急** 情況，請致電我們 222-0887。

419
□ **process**

n. 過程

v. **process** 處理

The visa **process** normally takes 2 weeks.
簽證 **過程** 通常需要 2 週。

---

❶ / **(B) emergency**
主管讓員工知道發生緊急情況時應遵循什麼
程序，這一點至關重要。

冠詞後為名詞的位置。in the event of an emergency
有『緊急時』的意思。(C) emerge 顯露 (動詞)。

After the business information session had ended, _____ were required to fill in a brief questionnaire to indicate the level of satisfaction.

(A) participated
(B) participating
(C) participants
(D) participates

420

□ **participant**

n. 參賽者

n. **participation** 參加
v. **participate** 參加
= attendee, attendant 參加者

Participants for the event will be staying at H Hotel.
參加活動的人員 將留在 H 酒店。

421

□ **sector**

n. 扇形，部門，領域

Tourism is a fundamental **sector** in Switzerland's economy.
旅遊業是瑞士經濟的基礎 **行業**。

---

❷ / **(C) participants**
商業資訊會議結束後，參與者需要填寫一份簡短的調查問卷，以表明滿意程度。

空格為主詞的位置，需填入名詞。
(A) participated 參與 (動詞)。

出差/
旅行

動詞1

①

Before you _____ our tour bus, please make sure that you have all of your belongings with you.

(A) abide   (B) fix

(C) implement   (D) board

422

☐ # **board**

v. 登上

n. **board** 董事會

+ boarding pass 登記證
a board member 登機會員 a board of directors 董事會

Please **board** the bus in 5 minutes.
請在 5 分鐘內 **登上** 巴士。

423

☐ # **ship**

v. 運送，裝運

n. **ship** 船，艦

= shipment 裝運，裝貨，運輸

I will **ship** your suitcase to the hotel.
我會把你的行李箱 **運到** 酒店。

424

☐ # **declare**

v. 申報

n. **declaration** 申報，宣布

Do you have any items to **declare**?
你有沒有要 **申報** 的物品？

425

☐ # **delay**

v. 耽擱，延誤

n. **delay** 耽擱，延期

+ without delay 沒有耽擱，沒有延期

Why has the flight been **delayed**?
為什麼航班 **延誤**？

解題
Skill

❶ / (D) board

在您搭乘我們的旅遊巴士之前，請確保您以隨身攜帶的所有物品。

句意上以 tour bus (觀光巴士) 為受詞，空格處最適合的是動詞，答案為 (D)。(A) abide 停住，(B) fix 修理，(C) implement 實行。

2 If you want to _____ in the training session on January 28, please contact Ms. Chang Wang by this Friday afternoon.

(A) attend   (B) participate

(C) encase   (D) exceed

426

depart

v. 出發

n. **departure** 出發

= take off 出發，啟程

The tour bus will **depart** soon.
旅遊巴士將很快 **出發**。

427

participate

v. 參加，參與

+ participated in 參加

Even children under 10 can **participate** in the event.
即使 10 歲以下的孩子也可以 **參加** 這個活動。

428

locate

v. 位於

n. **location** 位置

= find 找到
+ be (conveniently / perfectly) located + in / at / on
位置便利，位置完美

If we **locate** your lost luggage, we will call you.
如果我們 **找到** 你遺失的行李，
我們會打電話給你。

---

❷ / **(B) participate**

如果您想參加 1 月 28 日的培訓課程，請在
週五下午聯繫 Chang Wang 小姐。

意思上需填入以 training session 為受詞的動詞
(A) attend 和 (B) participate，attend 為及物動詞，
不需要介系詞 in。(A) attend 參加，(C) encase 包覆，
(D) exceed 超過。

出差/
旅行

動詞2

① The full-time position that you are considering _____ the management of two branch offices in Tokyo.

(A) conform

(B) involves

(C) subscribe

(D) result

429

□ **resolve**

v. 解決

n. **resolution** 解決，解決方案

You should **resolve** this issue before boarding.
登機前您應該 **解決** 此問題。

430

□ **involve**

v. 牽涉，包含，意味著

n. **involvement** 牽連，參與，包含

+ **be involved in** 牽涉，涉及

All of our travel packages **involve** transfers.
我們所有的套裝行程都 **包含** 轉機。

431

□ **disturb**

v. 打擾

Please try not to **disturb** others on the flight.
請盡量不要在航班上 **打擾** 他人。

432

□ **specify**

v. 指定

adj. **specific** 特殊的，明確的

Specify your food taste for us to prepare what to eat.
指定 你的飲食偏好給我們，以便我們準備食物。

---

① / **(B) involves**
您正在考慮的全職職位包含了兩間位於東京分公司的管理。

(B) involves 以外的動詞都是不及物動詞，所以需要有介系詞。(A) conform 依照（習慣），(C) subscribe 訂購，(D) result（根據 - 的結果）發生。

The UK Medical Conference's guidelines _____ that the length of each presentation must be under 15 minutes.

(A) vary   (B) specify

(C) expire   (D) optimize

---

433 □

comfort

v. 安慰

n. **comfort** 舒適
adj. **comfortable** 舒適的
adv. **comfortably** 舒適地

We prepared a brief tour to **comfort** her.
我們準備了一個短暫的旅程來 **安慰** 她。

---

434 □

broaden

v. 拓展

n. **breadth** 寬度，幅度
adj. **broad** 遼闊的

= **widen**, **expand** 擴大，擴張

Travel can **broaden** not only your mind but also experience.
旅行不僅可以 **開闊** 你的胸懷，而且可以 **拓展** 經驗。

---

435 □

shorten

v. 變短，縮小

He had to **shorten** the travel time to get back to work earlier.
他需 **縮短** 旅行時間早點回去工作。

---

❷ / (B) specify

英國醫學會議的指導方針規定每次演講的時間不得超過 15 分鐘。

Guidelines 是正確答案的線索。
specify that 有『指明 -』的意思。
(A) vary 多樣，(C) expire 過期，(D) optimize 適當使用 -

1 All _____ products must be checked by the quality control team before they are sent out for shipment.

(A) outgoing　　　　(B) permissive

(C) absolute　　　　(D) upcoming

436

☐ # outgoing

adj.出發的，即將離職的，外出的

You cannot make **outgoing** calls from this hotel for 2 hours.

您無法在這家酒店打 2 個小時的電話。

437

☐ # exotic

adj.異國的，外來的

This island is so **exotic**.

這個島很 **異國情調**。

438

☐ # distant

adj.遙遠的

n. **distance**

She loves to travel and visit **distant** places.

她喜歡旅行和參觀 **遙遠的** 地方。

439

☐ # along

prep. 沿著

+ get along 進展
  along with 沿著，隨著

The cafés are placed **along** the beach.

這家咖啡館 **沿著** 海灘設置。

---

❶ / **(A) outgoing**

品質控制團隊在發貨前必須檢查所有產品。

空格為修飾名詞的形容詞位置，sent out、shipment 是正確答案的線索。(B) permissive 廣大的，(C) absolute 完全的，(D) upcoming 將來臨的。

_____ 100 people are expected to take part in the service training session which will take place from July 25 to August 5.

(A) Approximate
(B) Approximation
(C) Approximately
(D) Approximating

440

□ **frequent**

adj.頻繁的，常見的

adv.**frequently** 頻繁地，經常地

The CEO is sick and tired of **frequent** business trips.
執行長厭倦了 **經常** 出差。

441

□ **approximately**

adv.大約

v. **approximate** 接近，近似
adj. **approximate** 大約的

I will stay in the city for **approximately** 5 days.
我將待在城市 **約** 5 天。

---

❷ / **(C) Approximately**

預計約有 100 人參加將於 7 月 25 日至 8 月 5 日舉行的服務培訓課程。

數字用來修飾副詞。(A) Approximate 接近的 (形容詞)，(B) Approximation 近似質 (名詞)。

_____ exhibits will be displayed in front of city hall to celebrate the city's 50th anniversary.

(A) Emphasis　　　　(B) Diverse

(C) Confuse　　　　(D) Vary

442
diverse

adj. 不同的

n. **diversity** 多樣化
v. **diversify** 不同

= varied 多樣化的
+ a diverse + selection / range + of +
多種的 + 選擇 / 範圍

A **diverse** travel package is being developed.

一種 **多樣化** 的旅遊套餐正在開發中。

443
tightly

adv. 緊緊地，牢固地

Fasten your seat belt **tightly**.

緊緊地 繫好安全帶。

444
formerly

adv. 以前地

This place was **formerly** a historical castle.

這個地方 **以前** 是一座歷史悠久的城堡。

445
related

adj. 相關的

n. **relation** 關係，聯繫
v. **relate** 與⋯相關

Please refer to the travel **related** policies.

請參閱旅行 **相關** 政策。

❶ / (B) Diverse

市政廳前將展出多樣化的展品，以慶祝該市
成立 50 週年。

需填入修飾名詞的形容詞。(A) Emphasis 強調 (名詞)，
(C) Confuse 混亂 (動詞)，(D) Vary 多樣的 (動詞)。

Please make sure your hotel room door is locked _____ .

(A) tie
(B) tighten
(C) tightly
(D) tough

---

customarily

adv.習慣地

n. **custom** 習俗，慣例
customs 海關
adj. **customary** 習慣性的

People **customarily** greet each other in India with a namaste.
在印度人們 **習慣** 以合十禮與對方打招呼。

coincidentally

adv.巧合地，同時發生地，一致地

Coincidentally, the two workers went out of town.
巧合的是，這兩名工人出城了。

---

❷ / **(C) tightly**
請確實鎖緊您的旅館房門。

被動詞句後要接副詞，(C) tightly (緊緊地) 最適合。
(A) tie 綁 (動詞)，(B) tighten 使變緊 (動詞)，
(D) tough 辛苦 (形容詞)。

To receive the group discount, hotel _____ should be made at least 7 days beforehand.

(A) reservations   (B) reserve

(C) reserved   (D) reserves

---

448 □ **reservation**

n. 保留，預訂，預約

v. **reserve** 保留
adj. **reserved** 保留的，預訂的

= **booking** 預約

You can make **reservations** for our hotel online.
您可以在線上 **預訂** 我們飯店。

449 □ **reception**

n. 接待，招待會

n. **receptionist** 接待員
v. **receive** 接收

If you have any problems, visit our **reception** desk.
如果您有任何問題，請造訪我們的 **接待** 處。

450 □ **information**

n. 資訊，信息

v. **inform** 通知，告發

+ **additional** / **further** + **information**
　　／ 進一步資訊
information desk 詢問櫃檯
billing information 結帳櫃檯

We need **information** on hotels in Paris.
我們需要巴黎酒店的 **資訊**。

451 □ **amenity**

n. 便利設施

Hotel guests can use all **amenities** for free.
飯店的客人可以免費使用所有 **設施**。

---

❶ / **(A) reservations**
要享受團體折扣，應至少提前 7 天完成飯店預訂。

為主詞補語的位置，需為名詞片語。hotel reservation 是有『預約飯店』意思的複合名詞。
(B) reserve 預約 (動詞)。

2 We are looking for a restaurant that provides an elegant
_____ and an affordable price range.

(A) clothing   (B) atmosphere

(C) pharmacy   (D) estimate

452
☐ # atmosphere

n. 氣氛，大氣層

n. **mood** 心情

Bistros here deem **atmosphere** the top priority.

這裡的小酒館將 **氛圍** 視為首要之務。

453
☐ # sequence

n. 順序，序列

v. **sequence** 依次排列

The next **sequence** of the show is DJ Band's performance.

節目的下一個 **排序** 是 DJ Band 的表演。

454
☐ # pleasure

n. 高興，愉快

v. **please** 使高興，使滿意
adj. **pleased** 高興的
    pleasant 令人愉快的

Taking care of patients is my **pleasure**.

照顧病人是我的 **榮幸**。

---

❷ / (B) atmosphere

我們正在尋找一家餐廳，提供優雅的氛圍和實惠的價格範圍。

為修飾形容詞的名詞位置，restaurant (餐廳) 和 price range (價格) 是答案的線索。
(A) clothing 衣服，(C) pharmacy 藥局，
(D) estimate 估價單。

Adding a new _____ to the recipe can make our main steak dish more appealing to diners.

(A) discount   (B) ingredient

(C) incentive   (D) price

455

☐ **cuisine**

n.（獨特的）料理

This eatery's **cuisine** is appealing.
這家餐館的 **料理** 很有吸引力。

456

☐ **flavor**

n. 味道，風味

= **savor** 味道,美味

This good **flavor** is from tomatoes.
這種美好的 **風味** 來自番茄。

457

☐ **ingredient**

n. 材料，成分

What is the special **ingredient** in this dish?
這道菜的特殊 **材料** 是什麼？

458

☐ **recipe**

n. 料理法

Chefs don't share their **recipes**.
廚師不會分享他們的 **食譜**。

---

❶ / **(B) ingredient**
在配方中加入新配料可以使我們的牛排主餐
更吸引食客。

recipe（料理法）為正確答案的線索。
(A) discount 折扣，(C) incentive 獎勵政策，
(D) price 價格。

2 Please do not bring food or _____ inside the museum; refreshments are available at our kiosk located by the reception desk.

(A) vehicles

(B) tickets

(C) beverages

(D) hats

---

459 ☐

beverage

n. 飲料

Use the unlimited **beverage** coupon.
使用 **飲料** 無限量優惠券。

460 ☐

refreshments

n. 飲食，點心

During the break time, **refreshments** will be provided on the 2nd floor.
休息時間，二樓有提供 **點心**。

---

❷ / **(C) beverages**

請勿將食物或飲料帶入博物館內；茶點位於
前台旁邊的售貨亭處。

bring food (攜帶食物)、inside the museum (博物館內)
是正確答案的線索。
(A) vehicles 車輛，(B) tickets 票，(D) hats 帽子。

The CEO has _____ the meeting with each department manager due to a scheduling conflict and rescheduled it for next month.

(A) proceeded　　　(B) canceled

(C) responded　　　(D) held

461

☐ **accommodate**

v. 容納遷就

n. **accommodation** 船位

= lodge 小屋

The party room can **accommodate** up to 100 people.

這個宴會廳可以 **容納** 超過 100 人。

462

☐ **cancel**

v. 劃掉，略去，刪去

n. **cancellation** 刪除，勾消

Cancel your reservation if needed.

如果需要可以 **取消** 你的預訂。

463

☐ **cater**

v. 供應伙食，給人包伙

NT Food will be **catering** this event again.

NT 食品將再次為了這項盛事提供伙食。

464

☐ **sip**

v. 啜飲，一點一點地喝

She **sipped** her coffee while she watched the sun set.

她一邊看著太陽下山，一邊 **啜飲** 咖啡。

❶ ／ **(B) canceled**

由於時間安排衝突，執行長已取消與每位部門經理的會議，並將其重新安排在下個月。

可知道是因 a scheduling conflict (行程衝突) 而導致會議被取消 (canceled)。has 後面需加上過去分詞來表現完成式。(A) proceeded 進行，(C) responded 回答，(D) held (活動) 舉辦。

Those who are traveling abroad should _____ all travel documents such as passport, visa, and boarding pass.

(A) retain (B) imitate

(C) support (D) resist

465

□ **pour**

v. 注入，倒入

Pour the sauce you like over the salad.

把你喜歡的醬料 **倒** 在沙拉上。

466

□ **retain**

v. 保留，保持

n. **retention** 保留，持有

= **maintain** 保持，維持

You'd better **retain** this receipt just in case.

以防萬一，您最好 **保留** 這張收據。

---

❷ ／ (A) retain

那些出國旅行的人應該保留所有的旅行證件，如護照、簽證和登機證。

助動詞後面需接動詞原型，意思妥善保管 travel documents (旅遊文件) 較為通順。

(B) imitate 模仿，(C) support 支持，(D) resist 抵抗。

467
–
472

住宿/
餐廳

形容詞/
副詞

DM Resort and Hotel is _____ located, as various tourist attractions are easily accessible.

(A) recently   (B) rapidly

(C) slowly   (D) conveniently

467

☐ **available**

adj.有用的，可利用的

n. **availability** 有效，有益

≠ **unavailable** 沒用的，沒有效果的

Is a room with a double bed **available**?

請問 **有** 一間雙人床的房間嗎？

468

☐ **conveniently**

adv.方便地

n. **convenience** 便利的

+ **conveniently** + located / placed
便利地位於 / 地方

You can park their car **conveniently** if they have a membership card.

如果他們有會員卡，你可以 **方便地** 停放他們的車。

469

☐ **complimentary**

adj.問候的，祝賀的

= **free** 免費的

+ **complimentary** + breakfast / service 免費的 + 早餐 / 服務

Complimentary parking service is not provided.

不提供 **免費** 停車服務。

470

☐ **in advance**

adv.提前

This room must be booked **in advance**.

這間客房必須 **提前** 預訂。

---

❶ / (D) conveniently

DM Resort and Hotel 酒店位置便利，因為各種旅遊景點都很方便。

空格是修飾過去分詞形容詞 located (位在) 的副詞，與句意相符的副詞 (D) conveniently (方便) 為正確。
(A) recently 最近，(B) rapidly 快速，(C) slowly 緩慢。

2 Staff wishing to attend the luncheon meeting with the president must inform the immediate manager in _____ .

(A) advise (B) advance

(C) advisor (D) advice

471

extensive

adj.廣闊的，廣大的

n. **extension** 廣度，延期
v. **extend** 伸展，擴充
adj. **extended** 延長的，繼續的

= **comprehensive** 泛的
  diverse 多種

Extensive room services are available around the clock.
全天候提供 **廣泛** 的客房服務。

472

relatively

adv.關係上

adj. **relative** 關於…的，與…有關係

+ relatively + lenient / low
  相對 + 寬鬆 / 低

The food price here is **relatively** low.
這裡的食物價格 **相對** 較低。

---

2 / **(B) advance**

希望參加總統午餐會的工作人員必須提前通知直屬經理。

請熟記 in advance（預先）的語句。
(A) advise 建議，(C) advisor 顧問，(D) advice 勸告。

會議

名詞

① The next _____ of this magazine will be offered to all our subscribers completely free of charge in appreciation of the continuing support.

(A) issue

(B) application

(C) repair

(D) candidate

473

☐ **agenda**

n. 議事日程，會議事項

+ printed agenda 印刷的議程
on the agenda 在議程上

The **agenda** for the next meeting has been updated.
下次 **會議** 的議程已更新。

474

☐ **issue**

n. 結局，成績

= edition 版本
+ common issue 共同的問題
address an issue 解決一個問題

This annual meeting will address 10 major **issues**.
這個年會將解決 10 個重大 **問題**。

475

☐ **overview**

n. 概觀，概貌

Here is an **overview** of the last shareholders' meeting.
以下是最近一次股東大會的 **概述**。

476

☐ **presentation**

n. 介紹

v. **present** 在座的，出席的

Investors responded favorably to his **presentation**.
投資者對他的 **演講** 做出了積極回應。

---

❶ / **(A) issue**

本雜誌的下一期將全部免費提供給我們的所有用戶，以感謝他們的持續支持。

magazine (雜誌)、subscribers (訂購者) 為正確答案的線索。next issue 有『下一期』的意思。
(B) application 申請、應用，(C) repair 修理，
(D) candidate 候補者。

2 The planning manager deemed Mr. Lee's _____ very impressive and has decided to implement it next month.

(A) suggestions (B) suggestion

(C) suggested (D) suggest

477
□ # suggestion

n. 建議

v. **suggest** 暗示

The **suggestion** was accepted at the managers' meeting.
這個 **建議** 在主管會議上被接受了。

478
□ # attention

n. 注意，注目，留心

adj. **attentive** 周到的
adv. **attentively** 留心的

+ pay attention to 注意….
  call attention to - 引起注意
  catch one's attention
  引起人們的注意

His presentation attracted much **attention**.
他的介紹引起了很多 **關注**。

479
□ # phase

n. 形勢，局面

v. **phase** 逐步執行

We discussed the next **phase** at the meeting.
我們在會議上討論了下一 **階段**。

480
□ # consensus

n. 共識，和議

n. **consent** 同意，贊同
v. **consent** 答應，贊成

= agreement 同意
+ general consensus 通用的
  reach a consensus on 達成共識

The members have reached on a **consensus** on the matter.
各位成員就此事達成了 **共識**。

---

❷ / (B) suggestion

計劃經理認為李先生的建議令人印象非常深刻，並決定在下個月實施。

所有格後需加名詞，代名詞 it 指的是前面出現的單數名詞，所以 (B) suggestion (建議) 最合適。
(D) suggest 建議 (動詞)。

① Before going on a business trip to Seoul, Mr. David wants to meet his manager to _____ his demonstration.

(A) discuss (B) comment

(C) inquire (D) remark

---

481 ☐ **convene**

v. 召開，召集

n. **convention** 慣例

The committee will **convene** this Monday.

委員會將於本週一 **召開**。

---

482 ☐ **discuss**

v. 議論，討論

n. **discussion** 討論

= share 分享

+ discuss + 討論

CEO called a meeting to **discuss** the survey results.

執行長召開會議 **討論** 調查結果。

---

483 ☐ **comment**

v. 評論，註解

n. **comment** 評語

+ comment + about / on -
在…上面討論有關…

The chairman did not **comment** on his resignation.

主席沒有對他的辭呈發表 **評論**。

---

484 ☐ **consult**

v. 請教，協商

n. **consultant** 商議者

+ consult the manual 請參閱手冊

Please **consult** the agenda before the meeting.

會議前請先 **查閱** 議程。

---

❶ / (A) discuss

在去首爾出差之前，戴維先生想和他的經理見面討論他的演示。

不需介系詞就有受詞意思的及物動詞為
(A) discuss (討論)，(B) commend + on 對 - 評論，
(C) inquire + about 對 - 提問，(D) remark + on 對 - 說明。

2 In an effort to _____ for her meeting with the client, Ms. Akiko is assembling the data and reviewing the proposal.

(A) prepare　　　　(B) refer
(C) convene　　　　(D) advise

485
☐ # prepare

v. 準備，籌備

n. **preparation** 預備

+ **prepare for** 為⋯準備

The luncheon meeting with the CEO has been perfectly **prepared**.
與執行長的午餐會議已經做好了 **準備**。

486
☐ # illustrate

v. 說明，顯示

n. **illustration** 說明，例證
illustrator 插畫家

Prepare visual materials to **illustrate** the data clearly.
準備視覺材料以清楚地 **說明** 數據。

---

❷ / **(A) prepare**

為了準備與客戶會面，Akiko 女士正在收集
資料並審查提案。

與介系詞 for 一起使用的動詞為
(A) prepare (準備)，(B) refer 參考，
(C) convene (會議) 召開，(D) advise 建議。

會議

動詞2

Labor and Management _____ to reduce the working hours, beginning next year.

(A) avoid   (B) agreed

(C) suggest   (D) declined

487

☐ # agree

v. 同意，贊成

n. **agreement** 契約；協約

+ agree on + 意見相合
agree to + 同意……
agree + to 同意……
agree with + 同意（某事）

The board of directors did not **agree** to expand the head office.

董事會不 **同意** 擴大總部。

488

☐ # assent

v. 同意

n. **assent** 贊成

Board members will **assent** to the proposal.

董事會成員將 **同意** 該提案。

489

☐ # object

v. 拒絕

n. **objection** 異議
adj. **objective** 目的

+ object to ~ing 反對

We all **object** to the expansion project.

我們都 **反對** 擴張計畫。

490

☐ # refute

v. 反駁，駁斥

n. **refutation** 駁斥，駁倒

Nobody could **refute** Mr. Brown's argument.

沒人能 **反駁** Brown 先生的論點。

---

❶ / (B) agreed

勞工和管理部門同意從明年開始減少工作時數。

negotiation（協商）、to reduce（減少）是正確答案的線索。agree to 不定詞有『協議進行～』的意思。
(A) avoid 避免，(C) suggest 建議，(D) declined 減少。

2 Salary increases are _____ from annual employee performance evaluation by the personnel team at the end of each year.

(A) informed　　(B) determined

(C) reminded　　(D) refrained

---

491 □
prove
v. 證明，證實

n. **proof** 證明；證據
adj. **proven** 被證明了的

You must **prove** the truth at the meeting.
你必須在會議上 **證明** 真相。

492 □
determine
v. 決心，決意

n. **determination** 決心
adj. **determined** 堅決的，毅然的

+ determine the cause of
確定原因

The committee will **determine** the best time to start the renovation.
委員會將 **決議** 確定開始裝修的最佳時機。

---

❷ / (B) determined
薪酬增長由每年年底人事團隊的年度員工績效評估確定。

透過 employee performance evaluation（員工績效）來決定 determined（決定）Salary increases（加薪）的句意較順暢。(A) informed 告知，(C) reminded 提醒，(D) refrained 辭職。

合約

名詞1

Please go over this _____ and submit it to the head quarters before September 21.

(A) proposal

(B) proposed

(C) propose

(D) proposing

493

□ **contract**

n. 合約

- n. **contractor** 承包商
  contraction 收縮
- v. **contact** 聯繫
- + **contract** out A to B 將 A 轉包給 B

Please sign the **contract**.
請在 **合約** 上簽名。

494

□ **negotiation**

n. 談判，交涉

- n. **negotiator** 談判代表
- v. **negotiate** 交涉
- = **discussion** 討論

Negotiation with Mr. Lee is very delicate.
與李先生的 **談判** 非常微妙。

495

□ **proposal**

n. 提案，提議

- n. **proposition** 主張，意味
- v. **propose** 提出
- + **submit** a proposal 提交提案

Unfortunately, this **proposal** was rejected.
很不幸的，這個 **提案** 被拒絕了。

496

□ **purpose**

n. 目的，宗旨

- adv. **purposely** 故意地，有意地
- = **aim** 指望，企圖
- + **on** purpose 故意

What is the **purpose** of your visit here?
您這次來訪的 **目的** 是什麼？

---

❶ / **(A) proposal**

請在 9 月 21 日前把這個建議提交給總部。

指示形容詞 this 後需接單數名詞。

(C) propose 提出 (動詞)。

YJ Shipping Service demands an authorized _____ for the delivery of this parcel.

(A) assembly   (B) signature

(C) rally   (D) gathering

497

□ bid

n. 投標

v. **bid** 出價，喊價

+ put in a bid for 為…投標喊價
bid for 競標

The **bid** appeals to many companies.

該 **投標** 吸引了很多公司。

498

□ compromise

n. 妥協，和解

v. **compromise** 折衷，和解
adj. **compromising** 互讓了結

= **deal** 交易，處理

They are gathered for **compromise**.

他們為了 **妥協** 而聚集在一起。

499

□ signature

n. 簽名

Don't forget your **signature** on the form.

別忘了您在表單上的 **署名**。

500

□ extension

n. 延期，擴充

v. **extend** 延長，擴大
adj. **extensive** 廣闊的，廣大的

I would like to apply for a contract **extension**.

我想申請 **延長** 合約。

---

❷ / **(B) signature**

YJ 送貨服務需要運送這個包裹的授權簽名。

Shipping（運送）、delivery（配送）、parcel（包裹）是答案的線索。authorized signature 有『被承認的簽名』之意。(A) assembly 議會，(C) rally 集會，(D) gathering 聚會。

合約

名詞2

1

Due to the unexpected scheduling _____ , your interview will be pushed back until next Friday.

(A) dispute   (B) conflict

(C) argue   (D) reuse

501
☐
conflict

n. 衝突，抵觸

There was a **conflict** between the two departments regarding the agreement.
兩個部門之間的協議有 **衝突**。

502
☐
dispute

n. 爭議，爭端

v. **dispute** 糾紛

+ dispute over 爭執

The contract **dispute** has been resolved.
合約 **糾紛** 已解決。

503
☐
term

n. 期限，期間

= condition 狀態，狀況
+ terms and conditions 條款和條件
　 in terms of 就…而言
　 long-term 長期

The **terms** and conditions of the contract are subject to change.
合約的 **條款** 和條件可能會發生變化。

504
☐
condition

n. 狀態，狀況

The employment **conditions** of our company are outstanding.
我們公司的就業 **條件** 非常好。

解題
Skill

❶ ／ **(B) conflict**
由於意料之外的時間安排衝突，您的面試將推遲到下週五。

unexpected（意想不到的）、pushed back（被延後）是答案的線索。scheduling conflict 有『行程衝突』的意思。
(A) dispute 紛爭，(C) argue 主張，(D) reuse 再次使用。

In order for the lease _____ to be valid, it must be signed by all parties.

(A) agree   (B) agrees

(C) agreed   (D) agreement

505

□ **element**

n. 要素，成分

adj. **elementary** 初步的，初等的

Price is the key **element** in the contract.
價格是合約中的關鍵 **要素**。

506

□ **commission**

n. 命令，訓令

v. **commission** 手續費，傭金

= **fee** 費用

The **commission** will be paid after the contract is signed.
該 **傭金** 將在合約簽署後支付。

507

□ **agreement**

n. 契約，協約

v. **agree** 同意

≠ **disagreement** 不同意

+ **come to / reach + an agreement**
達成…協議

This **agreement** is valid until the end of this year.
該 **協議** 有效期至今年年底。

508

□ **confidentiality**

n. 保密

Confidentiality is required for this agreement.
本協議需要 **保密**。

---

❷ / (D) agreement

為了使租賃協議生效，它必須由各方簽署。

介系詞 for 的受詞位置需為名詞片語，所以
(D) agreement 為正確答案。lease agreement
是有『租賃契約 (書)』意思的複合名詞。

合約

動詞1

The hiring director will _____ with the interview with the final 5 candidates applying for the position of marketing manager.

(A) conduct   (B) proceed

(C) achieve   (D) exceed

509
☐ # contact

v. 接觸，聯絡

n. **contact** 接觸，聯繫

= **get in touch with** 跟⋯聯繫

Contact us after you sign the contract.
簽訂合約後與我們 **聯繫**。

510
☐ # negotiate

v. 議定，商定

n. **negotiation** 協商，談判
   negotiator 協商者，談判者

We will **negotiate** a contract with GX Media.
我們將與 GX Media **洽談** 合約。

511
☐ # proceed

v. 繼續，前往

n. **process** 進行，經過
   procedure 工序，過程
   proceeds 開始，著手

= **progress** 前進，進行
+ **proceed with** 與⋯一起處理

The negotiation for the contract will **proceed** shortly.
合約的談判將很快 **進行**。

512
☐ # modify

v. 修改，修飾

n. **modification** 變更，更改

= **alter** 改變，改換

You can **modify** the terms of this contract before June 15.
您可以在 6 月 15 日之前 **修改** 此合約的條款。

---

❶ / (B) proceed

招聘總監將對最後 5 位申請行銷經理職位的候選人進行面試。

可與介系詞 with 一起使用的動詞為 (B) proceed。
proceed with 有『進行 -』的意思。
(A) conduct 實施，(C) achieve 完成，(D) exceed 超過。

2 The warranty on the car that you recently purchased
_____ on February 20.

(A) confirms   (B) requires

(C) rotates   (D) expires

513

revise

v. 修改，修訂

n. **revision** 校訂，訂正

The legal team **revised** the basic contract.

法律團隊 **修改** 了基本合約。

514

omit

v. 刪去，略去

n. **omission** 省略，刪節

Don't **omit** the exact dates of contract.

不要 **忽略** 合約的確切日期。

515

expire

v. 滿期，屆滿

n. **expiration** 終止，屆滿
expiry 到期

The agreement **expires** on July 30.

該協議將於 7 月 30 日 **到期**。

---

❷ / (D) expires

您最近購買的汽車保修期將於 2 月 20 日到期。

warranty (保證書) 常與動詞 expire (期滿) 一起使用。
(A) confirms 確認，(B) requires 要求，(C) rotates 輪流。

合約

動詞2

1 If customers _____ their subscriptions to PA Sports Monthly Magazine by this weekend, the annual rate of only $49 applies.

(A) return (B) renew

(C) rebate (D) ready

516

☐ # renew

v. 翻新，更新

n. renewal 更新，再開始

= refresh 翻新

+ renew + contract / license / subscription
更新 + 合約 + 駕照 / 醫師處方

We have decided not to **renew** our contract.
我們決定不 **續簽** 合約。

517

☐ # define

v. 限定，界定，定義

n. definition 定義，界說

You must **define** the terms of the agreement.
您必須 **界定** 協議的條款。

518

☐ # collaborate

v. 合作，共同研究

n. collaboration 合作
collaborator 合作者，共同研究者

They will **collaborate** on many projects.
他們將在許多項目上進行 **合作**。

519

☐ # dedicate

v. 奉獻，貢獻

n. dedication 奉獻，忘我精神

= commit 委任

+ be dedicated to 致力於

We **dedicated** many days to finalizing the contract.
我們 **花** 了很多天來完成合約。

---

1 / **(B) renew**
如果客戶在本週末前續訂了 PA 體育月刊雜誌，則年費僅需 49 美元。

空格為由 if 所帶出副詞子句的動詞位置。
renew subscription 有『更新定期訂購』的意思。
(A) return 返還 (動詞)，(C) rebate (超過金額的) 退還 (名詞)，(D) ready 準備好的 (形容詞)。

2 A team of advertisement specialists led by Kay Justine is _____ to providing accurate emerging market trends to our branch offices.

(A) dedication   (B) dedicated

(C) dedicating   (D) dedicative

520
☐ # settle

v. 使安定，處理好

n. **settlement** 解決，決定
adj. **settled** 確定不變的

To **settle** the dispute, we need the contract.
為了 **解決** 爭端，我們需要合約。

521
☐ # attribute

v. 歸屬於，歸因於

= ascribe …歸於
+ attribute A to B 把 A 歸因於 B
  A is attributed to B A 歸因於 B

The CEO **attributed** the successful contract negotiation to me.
執行長將成功的合約談判 **歸功於** 我。

522
☐ # terminate

v. 使結束，使停止

n. **termination** 末端，終點
adj. **terminal** 終端的，終點的

≠ initiate 發起

The contract cannot be **terminated** without consent.
未經許可，合約不得 **終止**。

---

❷ / **(B) dedicated**

由 Kay Justine 領導的廣告專家團隊致力於為我們的分公司提供準確的新興市場趨勢。

Be 動詞後可接形容詞、被動語態或進行式的分詞。意思上需為 be dedicated to + 名詞 (致力於 -)。
(A) dedication 奉獻 (名詞)，(D) dedicative 奉獻的 (形容詞)。

合約

形容詞/
副詞

① Donations to The Phil Harmony Charity Group are invited but this is only _____ .

(A) open   (B) even

(C) capable   (D) optional

523

☐ **cooperative**

adj.合作的，協作的

n. **cooperation** 合作社
v. **cooperate** 合作

They are more **cooperative** than expected.

他們比預期更 **合作**。

524

☐ **proficient**

adj.熟練的，精通…的

= adept 內行，熟手

Mr. Karl is **proficient** at dealing with negotiations.

Karl 先生 **精通** 處理談判。

525

☐ **optional**

adj.隨意的，任意的

n. **option** 選擇
adv. **optionally** 隨意

Extending the contract period is **optional**.

延長合約期限是 **可選的**。

526

☐ **persuasive**

adj.勸導性的，勸誘的

n. **persuasion** 説服，勸導
v. **persuade** 説服，勸服

≠ unconvincing 不能令人信服
+ persuasive + argument / evidence 勸導 + 爭論 / 證明

His opinion to change the terms of the contract is **persuasive**.

他改變合約條款的意見很有 **說服力**。

---

❶ / **(D) optional**

我們受邀捐款給慈善團體 Phil Harmony，但這是非強迫性的。

句意有『邀請捐贈，但 - 』的意思。
(D) optional (選擇性的) 最適合。
(A) open 開啟，(B) even 平均的，(C) capable 有能力的。

2 The _____ version of the employee vacation guidelines will be implemented as of next year.

(A) revise
(B) revised
(C) revising
(D) revision

527
imperative
adj.命令的，強制的

= essential 主要的，緊要的
  compulsory 義務
+ It is imperative that
  (+ should) + 動詞 這是必要的

It's **imperative** to include the names of the contractors in the contract.
必須 在合約中包括承包商的名稱。

528
initial
adj.最初的，開始的

n. **initiative** 倡議
v. **initiate** 發起
adv. **initially** 初期的，初發的

The **initial** draft of the contract has been considerably changed.
合約的 **初** 稿已經發生了很大變化。

529
originally
adv.獨創地

n. **origin** 開始，發端
v. **originate** 創辦，創設
adj. **original** 最初的，初期的

= primarily 首先，最初

The contract was **originally** made by Ms. Yang.
該合約 **最初** 由 Yang 女士制訂。

530
revised
adj.校訂，訂正

v. **revise** 修訂，校訂

Please use the **revised** contract form.
請使用 **修訂** 後的合約形式。

---

❷ / **(B) revised**
員工休假準則的修訂版將於明年實施。

定冠詞和名詞中間為形容詞的位置，guidelines（方針）有『已修正的』所以過去分詞的形容詞 (B) 為正確。
(A) revise 修改（動詞），(D) revision 修改（名詞）。

If you wish to get a full refund, you must return the
_____ within 15 days with the original receipt.

(A) merchandise   (B) merchandising

(C) merchant   (D) merger

531

☐ **trade**

n. 商業，交易

n. **trader** 商人
v. **trade** 貿易，交易

A **trade** fair took place at COEX last month.

上個月在 COEX 舉辦了一場 **貿易** 博覽會。

532

☐ **commodity**

n. 商品，有用物品

Many **commodities** have been traded online.

許多 **商品** 已經在網路上交易。

533

☐ **merchandise**

n. 商品，貨物

n. **merchandiser** 跟單員

= **commodity, goods** 商品，物品

This **merchandise** cannot be traded offline.

該 **商品** 無法離線交易。

534

☐ **merchant**

n. 商人

adj. **merchant** 商人的；商業的

There are many **merchants** at the fish market.

魚市場上有許多商人。

---

❶ / **(A) merchandise**

如果您希望獲得全額退款，您必須在 15 天內以原收據退回商品。

從詞彙 refund（退款）、return（返還）來看。
可知道答案為 (A) merchandise（商品）。
(B) merchandising 販賣，(C) merchant 商人，
(D) merger 合併。

2 Customers purchasing items from IOP.com usually get their _____ within 5 days.

(A) orders (B) purposes

(C) publicity (D) intentions

---

535 ☐

dealer

n. 商人，發牌人

v. **deal** 做買賣，交易，處理

I bought a car from a used car **dealer**.
我從二手車 **經銷商** 那裡買了一輛汽車。

---

536 ☐

provider

n. 供給者，準備者

v. **provide** 提供，供應

= supplier 供應者，供給者

BT Teleco is the biggest internet service **provider** in the UK.
BT Teleco 是英國最大的網際網路服務 **提供商**。

---

537 ☐

order

n. 次序，順序

v. **order** 訂貨

+ place an order 下訂單

If you **order** our items online, you can get them at half price.
如果您在網路 **訂購** 商品，將可以半價購買。

---

538 ☐

invoice

n. 發票

Please send us an **invoice** immediately.
請立即寄回 **發票** 給我們。

---

❷ / **(A) orders**
從 IOP.com 購買商品的顧客通常會在 5 天內收到訂購物品。

透過 purchasing items（購買商品）可知道答案為
(A) orders（訂購物品）。
(B) purposes 目的，(C) publicity 宣傳，
(D) intentions 意圖。

---

1 Guests staying at JK Hotel this weekend can use our indoor swimming pool and poolside bar at no _____ .

(A) costs (B) cost
(C) costing (D) costly

---

539 □ cost

n. 代價，價格

v. cost 花費

+ at the cost of 以…為代價
  labor cost 勞動力成本
  at no cost 免費
  at all cost 不惜一切代價

The **cost** of gasoline has decreased dramatically.
汽油 **成本** 大幅下降。

540 □ bargain

n. 契約，議價，交易

= deal 做買賣，交易

Our store is looking for someone who is good at making **bargains**.
我們的商店正在尋找擅長 **議價** 的人。

541 □ acquisition

n. 取得，獲得

v. acquire 獲得

Please let me know the **acquisition** price.
請讓我知道 **收購** 價格。

542 □ choice

n. 選擇，挑選

v. choose 選擇，挑選

Think carefully before you make a purchasing **choice**.
在你做出購買 **選擇** 前仔細考慮。

---

❶ / (B) cost

週末入住 JK 酒店的客人可以免費使用我們的室內游泳池和池畔酒吧。

at no cost 是『免費』的意思。
(D) costly 花費許多費用的 (形容詞)。

It is recommended that all customers keep the original store receipt as _____ of purchase.

(A) export

(B) proof

(C) import

(D) prove

---

543 □ **belongings**

n. 所有物，財產，行李

v. **belong to** 屬於

Please be careful with your **belongings**.
請注意你的 **隨身物品**。

544 □ **bulk**

n. 體積，巨大的東西，大量

adj. **bulk** 使膨脹；使增大
bulky 笨重

+ **in bulk** 散裝

A **bulk** order is also available.
大宗 訂單也是可行的。

545 □ **proof**

n. 證明

v. **prove** 證實

This sales slip can be **proof** of purchase.
這張銷售單可以作為購買 **憑證**。

546 □ **result**

n. 結果，效果

v. **result** 歸結為，導致

+ **as a result of** 後果
as a result 結果是
result in + 導致結果為….
result from + 由…而造成〔產生〕

Upon receipt of the **result**, the board of directors will make a decision.
收到 **結果** 後，董事會將作出決定。

---

❷ / **(B) proof**

建議所有客戶保留原始商店收據作為購買證明。

空格處既是介系詞 as 的受詞，也是 of 前面的名詞。
proof of purchase 是『購買證明』之意。
(A) export 出口（名詞），(C) import 進口（名詞），
(D) prove 證明（動詞）。

商務
往來

動詞

The CEO _____ to accept the proposal to expand the company's business into other countries at the management meeting held last week.

(A) refuse
(B) refuses
(C) will refuse
(D) refused

547
provide

v. 提供，供應

n. **provision** 預備，準備
provider 供給者，準備者

+ provide A with B 供應 A 到 B
be provided with 被提供

All stores must **provide** a receipt on demand.
所有商店都必須按要求 **提供** 收據。

548
assure

v. 保證，擔保

n. **assurance** 保證，擔保

= convince 使悔悟；使認錯
promise 允許，諾言
+ assure A of B 保證 A 到 B
assure A that 向 A 保證

I can **assure** you that this trade is safe.
我可以向你 **保證** 這筆交易是安全的。

549
refuse

v. 拒絕，謝絕

n. **refusal** 拒絕，謝絕

= reject, turn down 拒絕，抵制
≠ accept 接受
approve 批准，認可

You can **refuse** to receive merchandise you ordered if defective.
如果有缺陷，您可以 **拒** 收您訂購的商品。

550
interrupt

v. 阻止，妨礙

n. **interruption** 打斷；中斷

The Internet service was briefly **interrupted**.
網際網路服務暫時 **中斷**。

---

❶ ／ **(D) refused**
執行長在上週舉行的管理會議上拒絕採納將公司業務拓展到其他國家的提議。

空格為動詞的位置，從顯示過去時態的副詞句 last week（上週）可知道需填入過去式。

After the work _____ by a power outage, the production team extended working hours to fill the order on schedule.

(A) was interrupted   (B) interrupts

(C) to interrupt   (D) be interrupted

551

□ **abandon**

v. 扔棄 (地位等)，離棄 (家園)

He finally **abandoned** the desire to purchase a house.
他最終 **放棄** 了購買房屋的願望。

552

□ **move**

v. 移動，搬動

n. **move** 運動，移動

= **transfer** 變換

The arrival date of this product has been **moved**.
該產品的到貨日期已被 **更改**。

553

□ **decorate**

v. 修飾，裝飾

n. **decoration** 裝飾品
adj. **decorative** 裝飾的

If you would like to **decorate** your house for a special event, just call EVENT DAYS.
如果您想為特殊活動 **裝飾** 房屋，請致電 EVENT DAYS。

---

❷ / (A) was interrupted

工作因停電而中斷後，製作團隊延長工作時間以按期完成訂單。

空格是 After 帶出的副詞子句的動詞。(A) 和 (B) 皆為動詞，但意思上以被動語態的 (A) 為正確。

配送

名詞1

①

The board of directors will announce the _____ of the employee of the year award at the meeting this Friday.

(A) receipt
(B) receipts
(C) receive
(D) recipient

554
□ **delivery**

n. 引渡，交付

v. **deliver** 引渡，移交

We will offer free **delivery** for orders over $500.

我們將為超過 500 元的訂單提供免費 **送貨**。

555
□ **recipient**

n. 接受者，感受者

≠ sender 發送人

We need a signature from the **recipient** of this parcel.

我們需要這個包裹 **收件人** 的簽名。

556
□ **address**

n. 地址

v. **address** 應付，處理

Let us know the changed **address** for delivery.

讓我們知道更改的送貨 **地址**。

557
□ **suburb**

n. 市郊

adj. **suburban** 郊區的

We do not provide free shipping to **suburbs**.

我們不提供免費送貨到 **郊區**。

咻嚇 Skill

❶ / (D) recipient

董事會將在本週五的會議上宣布年度員工的 得獎者。

空格為定冠詞後、of 前的名詞位置。與 award (獎) 相關的名詞 (D) recipient (得獎者)。
(A) receipt 收據 (名詞)，(C) receive 收取 (動詞)。

As the _____ space is limited, you are required to produce your ID card in order to use it.

(A) storage (B) story
(C) sack (D) stick

558

□ **storage**

n. 貯藏，存儲

v. **store** 貯藏；儲備

Your order is being processed at the **storage** facility.
您的訂單正在 **倉庫** 中處理。

559

□ **agency**

n. 經辦，代理

+ a real estate agency 房地產經紀公司
a travel agency 旅行社
an employment agency 職業介紹所
an advertising agency 廣告公司
a car rental agency 汽車租賃公司

MR Shipping is a reliable delivery **agency**.
MR Shipping 是一家可靠的貨運 **代理**。

560

□ **measurement**

n. 測量，計量，尺寸

v. **measure** 計量，測量

Give us the exact **measurement** by tomorrow.
明天前給我們準確的 **測量數據**。

---

❷ ／ **(A) storage**
由於存儲空間有限，您需要出示您的身份證才能使用它。

空格處為可修飾 space (空間) 的形容詞或複合名詞組成的名詞。storage space 是有『儲存空間』意思的複合名詞。(B) story 層，(C) sack 袋，(D) stick 棍子。

配送

名詞2

1

The _____ of the magazine are divided into 8 chapters under 4 sections.

(A) contentment　　　(B) contents

(C) contented　　　　(D) content

561

article

n. 論文，文章

This isn't the **article** that I ordered.
這不是我訂購的 **文章**。

562

content

n. 容積，容量

v. **content** 使滿意，使滿足
adj. **contented** 滿足的

All the **contents** delivered by you were damaged.
您提供的所有 **內容** 都已損壞。

563

package

n. 包裝，包裹

The **package** just arrived from head office.
包裹 剛從總部抵達。

564

envelope

n. 信封

v. **envelop** 包，封

The invoice is provided in the **envelope**.
提供的發票在 **信封** 中。

解題
Skill

❶ ／ **(B) contents**
該雜誌的內容共分為 4 部、8 個章節。

由於空格處是主詞的位置，需填入名詞，動詞為 are，因此複數名詞較正確。(A) contentment 滿足，(C) contented 滿足的 (形容詞)。

All shoppers at the HL Department store should use

_____ when using the escalators.

(A) cautions   (B) caution

(C) cautioned   (D) cautiously

565

□ # correspondence

n. 通信，信件

v. **correspondent** 通信者；通訊員
v. **correspond** 對應

Send this **correspondence** with the shipment.

用海運發送此 **信函**。

566

□ # caution

n. 小心，謹慎

adj. **cautious** 謹慎的，小心的

≠ **carelessness** 疏忽
+ **with** caution 慎用

Please use **caution** when opening this box.

打開這個盒子時請 **小心**。

---

❷ / **(B) caution**

HL 百貨商店的所有購物者，使用手扶梯時都應小心謹慎。

動詞 use (使用) 後需接受詞，所以需要名詞。
use caution 是有『注意』的語句。

配送

動詞1

① We kindly ask you not to _____ your own food and beverages into our restaurant.

(A) disposal   (B) cook

(C) bring   (D) spoil

567

☐ # deliver

v. 移交，交付

n. **delivery** 引渡，交付

Please **deliver** the chairs to his office.
請把椅子 **送到** 他的辦公室。

568

☐ # carry

v. 攜帶，佩帶

+ carry out 完成

I never carry much money with me.
我身上從來不 **帶** 太多的錢。

569

☐ # bring

v. 拿來，帶來

+ bring about 實現
bring along 攜帶
bring in 帶進
bring on 帶來
bring together 匯集在一起
bring up 培養，造就

Please **bring** the parcel when you come to the office.
你到辦公室時請把包裹 **帶來**。

570

☐ # load

v. 裝滿，使負擔

n. **load** 裝載，負擔

≠ unload 卸貨

Load this copier into a handcart to move it to the 2nd floor.
將這台複印機 **裝入** 手推車讓其移至二樓。

精選 Skill

❶ / **(C) bring**

我們請您不要把自己的食物和飲料帶入我們的餐廳。

句意上有『不要帶自己的食物和飲料』的意思。
(C) bring (帶來) 最適合。
(A) disposal 處理，(B) cook 料理，(D) spoil 損壞。

2 Our company's newsletter will be _____ to employees absolutely free for the next 6 months.

(A) distributes (B) distributed

(C) distributor (D) distributing

571

□ **convey**

v. 輸送，搬運

n. **conveyor** 運送者，傳達者

+ convey A to B 交付 A 給 B

I will **convey** this shipment to the CEO.

我將把這批貨 **運送** 給執行長。

572

□ **pick up**

v. 撿起

+ pick up one's paycheck
   提高某人的薪水
   pick up packages 拿起包裹
   pick up passengers 接送乘客
   pick up the check 付清支票
   pick up the phone 打 / 接電話

Please **pick up** your letters at the reception desk.

請在櫃台 **領取** 您的信。

573

□ **distribute**

v. 分配，分給

n. **distribution** 分配，分發
   distributor 分發者，分配者

+ distribute A to B 將 A 分配給 B

The brochure is **distributed** here for free.

小冊子在這裡免費 **發放**。

---

2 / **(B) distributed**

我們公司的通訊將在接下來的 6 個月免費提供給員工。

company's newsletter (公司的通訊) 將會被『發放』，因此需要填入被動語態的過去分詞。
(C) distributor 批發商。

The marketing head, John AJ, _____ documents summarizing proposed advertising campaign changes with the letter dated on October 19.

(A) attached

(B) to attach

(C) proposed

(D) proposing

574

□ # attach

v. 附上，加上

n. **attachment** 附著，附著物

= **affix** 附加上
≠ **detach** 分開，分離
+ **attach A to B** 將 A 附加到 B
attached schedule / **document** / **file** 附表 / 附件 / 附檔

The cost estimate will be **attached** with the shipment.

成本估算將 **包含** 運輸。

575

□ # affix

v. 附加上

n. **affix** 附加物，附件

+ **affix A to B** 將 A 附加到 B

You don't need to **affix** any stamps on the parcel.

你不需要在包裹上 **貼上** 任何郵票。

576

□ # detach

v. 分開，分離，拆除

= **separate** 分開，分離
≠ **attach, affix** 附上

If the price label has been **detached**, no refunds are given.

如果價格標籤已 **拆下**，則不予退款。

577

□ # separate

v. 分開，分離

n. **separation** 分割
adj. **separate** 分開的，分離的
adv. **separately** 開除，遣散

Delivered boxes must not be **separated** if you want to get a refund.

如果您想要退款，運送的箱子不得 **分開**。

---

❶ / **(A) attached**

行銷主管 John AJ 附上 10 月 19 日的信件，概述了提議的廣告活動變化。

空格是以 documents（文件）為受詞的動詞位置，(A) attached（附上）為合適。(C) proposed 提議。

Please _____ that a cost estimate is sent to our office by the first Monday of next month so that the management can make a decision on schedule.

(A) sure   (B) ensure

(C) assured   (D) assure

578

□ enclose

v. 圍起，包圍

n. **enclosure** 包圍，圍繞

The contract you signed is **enclosed** here.
您簽署的合約 **隨附** 在此。

579

□ ensure

v. 保證，擔保

adj. **sure** 確實的；深信，確信

= **assure** 保證
   make certain 確定

Please **ensure** that his order will be delivered by tomorrow.
請 **確保** 他的訂單將在明天之前遞送。

580

□ acknowledge

v. 承認，供認

n. **acknowledgement** 承認；自認

The CEO **acknowledged** the proposal that I wrote.
執行長 **認可** 我寫的提案。

---

❷ / (B) ensure

請確保在下個月的第一個星期一之前向我們的辦公室發送成本估算，以便管理階層可以按計劃做出決定。

please ensure that + 主詞 + 動詞 = please be sure that + 主詞 + 動詞 = please be assured that + 主詞 + 動詞，有『請所有人確認 -』的意思。

Since every _____ item is packed in strong packing material, there are few complaints on broken or damaged merchandise.

(A) fragile   (B) unattended

(C) rising   (D) exchanged

581
□ **convenient**

adj. 便利的，合宜的

n. **convenience** 方便

≠ **inconvenient** 不方便

This piano is **convenient** to deliver.
這架鋼琴可以 **方便地** 送達。

582
□ **express**

adj. 明白表示的，明確的

n. **expression** 表現，表示
v. **express** 表示，表現

+ **express** shipping 快遞運輸
expressway 高速公路

Use **express** mail if possible.
如果可能，請使用 **快遞** 郵件。

583
□ **prompt**

adj. 敏捷的，迅速的

v. **prompt** 刺激，鼓勵
adv. **promptly** 及時地，立刻地

Prompt actions have been taken on the frequent late deliveries.
對頻繁的延遲交貨採取了 **及時** 的行動。

584
□ **fragile**

adj. 脆的，易碎的

Fragile items will be delivered separately.
脆弱 的物品將分開遞送。

---

❶ / (A) fragile

由於每件易碎物品都用堅固的包裝材料包裝，因此很少有對於商品破損或損壞的投訴。

可以跟 broken（破碎的）、damaged（受損傷的）在意思上連接的是 (A) fragile（易碎的）。(B) unattended 被放置的，(C) rising 增加的，(D) exchanged 交換的。

The _____ planning for the construction of the new employee cafeteria helped to cause very little inconvenience to the employees.

(A) cares
(B) cared
(C) careful
(D) carefully

585
☐ **perishable**

adj.易腐敗的，不經久的

v. **perish** 滅亡；消滅
adj. **perishing** 滅亡的

≠ imperishable 不朽
+ perishable + goods / items
　易腐 + 物品 / 物件

We deliver **perishable** items first.
我們優先運送 易腐爛 物品。

586
☐ **enclosed**

adj.圍住的，封閉的，隨附的

v. **enclose** 包括，附上

Please check the **enclosed** price list in the box as soon as possible.
請盡快查看盒中 隨附 的價目表。

587
☐ **accidentally**

adv.偶然的，意外的

n. **accident** 事故，意外
adj. **accidental** 偶然的，不測的

≠ deliberately 深思熟慮的，盤算周到的

The delivery was delayed
accidentally due to bad weather.
由於天氣惡劣，交付 意外 延誤。

588
☐ **careful**

adj.注意的，小心謹慎的

adv. **carefully** 小心謹慎地

Just be **careful** with the glass vase when delivering it.
運送時請 小心 玻璃花瓶。

---

❷ / (C) careful
對新員工自助餐廳的結構進行精心規劃，有助於將員工的不便減至最低。

定冠詞及名詞間需為形容詞，句意上應為 careful planning（精心的策劃）。(A) cares 照顧（名詞），(C) cared 照顧（動詞），(D) carefully 謹慎地（副詞）。

收益

名詞1

MK Manufacturing's _____ last year rose dramatically thanks to the active marketing efforts of its ad team.

(A) revenge   (B) revenue

(C) retreat   (D) retake

589
☐ # revenue

n. 歲入，稅收，收益

= income, earnings 收入
≠ expenditure 消費；開銷
+ revenue statement 收入報表

This year's **revenue** is lower than that of last year.
今年的收入低於去年的 **收入**。

590
☐ # figure

n. 外形，數字

v. **figure** 領會，想像
= number 數目

We are delighted to exceed sales **figures**.
我們很高興超過銷售 **數字**。

591
☐ # profit

n. 贏餘，利潤

n. **profitability** 有益的；有用的
adj. **profitable** 有利可圖的，可賺錢的
+ net profit 淨利

Which branch showed the highest **profit** last year?
哪家分行去年 **盈利** 最高？

592
☐ # fee

n. 報酬，費用

= rate 價格；行市
+ entry fee 入場費
tuition fee 學費

The revenue from admission **fees** is decreasing.
入場費收入正在 **下降**。

---

❶ / **(B) revenue**

由於其廣告團隊的積極行銷努力，MK 製造公司去年的收入大幅增長。

所有格後接名詞。因 marketing effort（行銷努力）獲得 revenue（收入）。(A) revenge 復仇（名詞），(C) retreat 撤退（名詞），(D) retake 重取（動詞）。

So that we can ensure the same day delivery of your online purchase, an extra _____ is charged.

(A) toll
(B) fee
(C) fare
(D) fine

593
□ **income**

n. 收入，所得

+ gross income 總收入

He will change his job because he wants to increase his **income**.
他會換工作，因為他想增加 **收入**。

594
□ **percentage**

n. 百分比

The **percentage** of people buying A9 phones has increased somewhat.
購買 A9 手機的人數 **比例** 有所增加。

595
□ **aspect**

n. 局勢，方面

Every **aspect** will be reviewed to increase next year's revenue.
各 **方面** 都將進行審查，以增加明年的收入。

596
□ **record**

n. 記錄，記載

v. **record** 記載；登記

+ transaction records 交易記錄

Our team's sales **record** is only available here.
我們團隊的銷售 **記錄** 僅在此處提供。

---

❷ / **(B) fee**
為了確保能當天送達您的網購商品，我們將收取額外費用。

與 purchase (購買)、extra (額外) 最適合的名詞為 fee (費用)。(A) toll 通行費，(C) fare 票價，(D) fine 罰金。

收益

名詞2

This year's shortage of promotion for the training session caused a considerable _____ in attendance.

(A) increase (B) decline

(C) raise (D) rise

---

597 □ **benefit**

n. 利益，好處

v. **benefit** 對…有利，有益於
adj. **beneficial** 有利的，有益的

≠ disadvantage 不利的

The only one **benefit** you can get is free admission.

您可以獲得的唯一一項 **優惠** 就是免費入場。

598 □ **excess**

n. 過量，過度，暴行

v. **exceed** 超過
adj. **excessive** 不足，缺少

≠ shortage 不足，缺少

I quit the job because of an **excess** of work.

我因 **過量** 工作而辭職。

599 □ **decline**

n. 衰退，減退

v. **decline** 謝絕，拒絕

= decrease, reduction 減少
+ the rate of decline 下降的速度
decline in 下降

Our revenue is in **decline** due to the unexpected economic recession.

由於意外的經濟衰退，我們的收入 **下降**。

600 □ **reduction**

n. 縮小，減少

v. **reduce** 減少，減輕
adj. **reductive** 縮減的；還原的

= decrease 減少

Price **reduction** for the X print series is required in order to appeal to more customers.

為了吸引更多的客戶，X 列印系列有必要 **降** 價。

---

❶ / **(B) decline**

今年培訓課程的宣傳不足導致出席率大幅下降。

shortage of promotion（宣傳不足）與 decline in attendance（出席率下降）較為合適。

(A) increase 增加，(C) raise 增加，(D) rise 上升。

As the demand for the new game has increased, _____ is projected to more than double next year.

(A) reorganization (B) composition

(C) consumption (D) production

601

□ # assumption

n. 採取，假設，臆測

v. **assume** 接受；承擔

We can predict next year's sales **assumption** by using this year's sales figures.

我們可以透過使用今年的銷售數據來預測明年的銷售 **預估**。

602

□ # projection

n. 預測，投射

v. **project** 投擲，預計，突出

= **estimate** 估價；估量

+ **spending and income projections** 支出和收入預測

I hope revenue will exceed our **projections**.

我希望收入會超出我們的 **預測**。

603

□ # production

n. 生產，產生

n. **produce** 生產，出產
v. **produce** 產生，生產

≠ **consumption** 消費

+ **production quota** 生產配額

Production cost is expected to be reduced.

預計 **生產** 成本會降低。

604

□ # sale

n. 賣，出賣

+ **retail sales figures** 零售銷售數字
on sale 出售

Retail **sales** fall in June.

6 月份零售 **售** 額下降。

---

❷ / **(D) production**

隨著新遊戲的需求增加，預計明年的產量將增加一倍以上。

demand - increase (需求增加) 與 production - more than double (生產量兩倍以上) 相連較為自然。

(A) reorganization 改組，(B) composition 構成，

(C) consumption 消費。

收益

動詞1

① All employees at our company are required to _____ a parking permit at the administration office.

(A) conduct   (B) achieve

(C) implement   (D) obtain

605

☐ **earn**

v. 賺得，掙得

n. **earnings** 所得，收入

I know how much our company **earns** a month.
我知道我們公司一個月 **賺** 多少錢。

606

☐ **obtain**

v. 獲得，買到

adj. **obtainable** 能得到的；能達到的
= **secure** 可靠的

Approval must be **obtained** to start the expansion project.
必須 **獲得** 許可才能開始擴建計畫。

607

☐ **achieve**

v. 完成，做到

n. **achievement** 完成；達到
   achiever 成功者

= **reach** 取得

We **achieved** our sales goal of the second quarter of this year.
我們 **達成** 了今年第二季的銷售目標。

608

☐ **exceed**

v. 超過

n. **excess** 過量；過剩
adj. **excessive** 過多的，過度的
adv. **exceedingly** 超越的，勝過的

= **surpass** 優於，勝過
≠ **fall short of** 不足

Those who **exceeded** the sales goal will get a bonus.
那些 **超過** 銷售目標的人將獲得獎金。

解題 Skill

❶ / **(D) obtain**

我們公司的所有員工都必須在行政部門取得停車許可證。

主詞為 All employees (所有員工)，受詞為 a parking permit (停車許可證)，所以最適合的動詞為 (D) obtain (獲得)。(A) conduct 實施，(B) achieve 成就，(C) implement 實行。

2 The board of directors hopes that our company will
_____ our highest sales record which was set 2 years
ago.

(A) enter   (B) reuse

(C) ratio   (D) exceed

609
☐ # incur

v. 招致，承受

n. **incurrence** 蒙受，招致

The company was shocked to
incur a heavy loss.
該公司震驚地 **承受了** 重大損失。

610
☐ # share

v. 分享，平分

n. **share** 份額，股份

The earnings report can be **shared**
only with Accounting.
成本報告只能與會計部門 **共享**。

---

❷ / **(D) exceed**
董事會希望我們公司能超越 2 年前創下的最
高銷售紀錄。

our highest sales record（最高銷售紀錄）為受詞，因此
最適合的動詞為 (D) exceed（超過）。
(A) enter 進入，(B) reuse 再使用，(C) ratio 比例（名詞）。

收益

動詞2

① The development team _____ the project to be completed on schedule though there had been some delays last year.

(A) informed
(B) expected
(C) expressed
(D) answered

611

□ **estimate**

v. 估價，估量

n. **estimate** 預測
adj. **estimated** 預計

The management **estimated** that this recession will last 3 years.
經營團隊 **估計**，經濟衰退將持續三年。

612

□ **expect**

v. 期待，預期

n. **expectation** 期待，期望
adj. **expected** 期待

= **anticipate** 預期，預料
+ **expect A to do** 預計你 (A) ～
   be expected to do 有望做到

The income tax is **expected** to increase.
所得稅 **預計** 會增加。

613

□ **summarize**

v. 總結，概述

n. **summary** 概括的，扼要的

We **summarized** the earnings report that will be sent to the CEO.
我們 **總結** 了要發送給執行長的收益報告。

614

□ **reduce**

v. 減少，減輕

n. **reduction** 縮小，減少
adj. **reductive** 縮減的；還原的

= **diminish, decrease** 減少，減低
+ **reduce + costs / budget**
   減少 + 費用 / 預算

We had to **reduce** the shipping fee.
我們必須 **降低** 運輸成本。

---

① / **(B) expected**

儘管去年出現了一些延誤，但開發團隊預計該項目將如期完成。

'expect + 受詞 + to 不定詞' 有『受詞預計做 -』的意思。(A) informed 告知，(C) expressed 表現，(D) answered 回答。

2 Effective August 1, the online music company Apple Box will _____ its fees for access to its music files as the demand declines.

(A) reduced   (B) reducing

(C) reduces   (D) reduce

615
☐ # diminish

v. 減少，減低

The number of retail stores is **diminishing**.
零售店的數量正在 **減少**。

616
☐ # spend

v. 花費

n. **spending** 經費，開銷

+ spend A on B 在 B 上花費 A
research and development spending 研究和開發支出

I **spent** too much time writing the accounting report.
我 **花** 了太多時間寫一份會計報告。

---

❷ / **(D) reduce**

隨著需求下降，網路音樂公司 Apple Box 將於 8 月 1 日起降低存取其音樂檔案的費用。

助動詞 will 後面需接動詞原形，選項 (D) reduce (減少) 為正確。

收益

形容詞/
副詞 1

The management will give all dedicated junior staff members _____ pay increases and promotions after the performance evaluation period.

(A) substantial　　　(B) substantiate

(C) substance　　　(D) substantially

617

☐ **profitable**

adj. 有效益的，有盈利的

n. **profit** 利潤，賺頭
profitability 有益的；有用的

= **lucrative** 有利的

We will focus on more **profitable** business to increase revenue.
我們將把重點放在更 **有利潤的** 業務上來增加收入。

618

☐ **substantial**

adj. 可觀的，大體上的，優厚的

adv. **substantially** 實體上，本質上

= **considerable** 應考慮的
+ **substantial** + **amount** / **increase** / **reduction**
實質的 + 總計 + 增加 / 減少

This year's revenue recorded a **substantial** increase.
今年的收入記錄了 **大幅** 增加。

619

☐ **markedly**

adv. 明顯地

adj. **marked** 受監視，顯著的

The company's profit decreased **markedly**.
公司的利潤 **明顯** 下降。

620

☐ **excessive**

adj. 過多的，過度的

n. **excess** 過量；過剩
v. **exceed** 超過

The decline in sales last quarter was not that **excessive**.
上個季度銷售額的下降並沒有那麼 **多**。

---

❶ / (A) substantial

經營團隊將在績效評估期結束後，為所有專職的初級員工提供大幅的加薪和晉昇機會。

整體句子為『give+ 間接受詞 + 直接受詞』的結構。空格填入可修飾直接受詞 pay increases 的形容詞，(A) 為正確選項。(B) substantiate 證明 (動詞)，(C) substance 物質 (名詞)，(D) substantially 相當地 (副詞)。

2 The standard prices of a fax machine called RX-203 vary
_____ from store to store.

(A) significance   (B) significant

(C) signify   (D) significantly

621

□ # **significantly**

adv.顯著地

n. **significance** 有意義，意味深長
adj. **significant** 有意義的

The high price of raw materials has **significantly** reduced our revenue.
原料價格高昂 **大大** 降低了我們的收入。

622

□ # **slightly**

adv.輕微地

adj. **slight** 輕微的

Our revenue was **slightly** affected by the recession.
我們的收入受到經濟衰退的 **輕微** 影響。

623

□ # **steady**

adj.堅定的，扎實的

adv. **steadily** 穩定地；堅定地

It's not easy to keep a **steady** revenue.
保持 **穩定** 的收入並不容易。

---

❷ / **(D) significantly**

RX-203 傳真機的標準價格因商店而異。

vary（不同）為不需要受詞的完全不及物動詞，後面可接副詞 (D) significantly（相當地）。(A) significance 重要性（名詞），(B) significant 相當的（形容詞），(C) signify 表明（動詞）。

收益

形容詞/
副詞 2

1

The CEO will reward the marketing director for her
_____ contributions to sealing the big contract with a
giant cable broadcasting company.

(A) impress
(B) impressive
(C) impressively
(D) impressed

624

□ **recent**

adj. 新近的，近來的

adv. **recently** 新近的；近來的

The **recent** price reduction led to
the increase in sales.
最近 的價格下降以致銷售額增加。

625

□ **whole**

adj. 全部的，整個的

+ on the whole 總體上

The **whole** profit structure of our
company will get better.
我們公司的 **整體** 盈利結構將會變得更好。

626

□ **impressive**

adj. 給人深刻印象的

n. **impression** 印象
v. **impress** 使銘記，使記住
adj. **impressed** 使深深感到
adv. **impressively** 令人印象深刻地

This year's revenue growth is so
impressive.
今年的收入增長 **令人印象深刻**。

627

□ **dominant**

adj. 主導的，佔優勢的

Increased profits will help to
maintain our **dominant** position
in the market.
增加利潤將有助於維持我們在市場上的
優勢 地位。

解題
Skill

❶ / (B) impressive
執行長將獎勵行銷總監，因為她在與大型有
線廣播公司合作簽署的大型合約，做了傑出
的貢獻。

所有格和名詞間為形容詞。(D) impressed 有
『被感動』的意思，可和人的名詞一起使用，
(B) impressive(傑出)。(A) impress 給予印象 (動詞)，
(C) impressively 印象深刻 (副詞)。

2 The revenue of Han Sung Corp. has been heavily _____ on sales in Buenos Aires, Argentina, South America over the past 3 years.

(A) relied　　　　(B) reliant

(C) reliance　　　(D) relying

628

□ # reliant

adj.信賴的，信任的

n. **reliance** 信賴，信任

+ be heavily reliant on 嚴重依賴

The company is heavily **reliant** on a profitable business.

該公司嚴重 **依賴** 有效益的業務。

629

□ # secure

adj.安心的，牢靠的

v. **secure** 使安全；防護

A **secure** income allows additional investment.

一個 **安穩的** 收入可以增加投資。

---

❷ / **(B) reliant**

Han Sung Corp. 的收入過度依賴於過去 3 年在南美阿根廷、布宜諾斯艾利斯的銷售。

be heavily reliant on 是有『對 - 過度依賴』意思的語句。**(A) relied** 依存 (動詞)，**(C) reliance** 依靠 (名詞)。

會計

名詞1

①

We need to double check the _____ figures that the Arizona branch office submitted.

(A) accountants   (B) accounting

(C) account   (D) accountant

630

□ **accounting**

n. 會計，會計學

n. **account** 計算，帳目
accountant 會計員，帳房

The newly hired accountant has much **accounting** experience.

新聘的會計師有豐富的 **會計** 經驗。

631

□ **finance**

n. 財政，金融

v. **finance** 為…供給資金
adj. **financial** 財務（上）的，金融（上）的

Ms. Jackson is an expert in **finance**.

Ms. Jackson 是 **財務** 專家。

632

□ **audit**

n. 會計檢查，查帳

n. **auditor** 核數師
v. **audit** 審計

The annual **audit** will be conducted after lunch.

年度 **審計** 將在午餐後進行。

633

□ **expenditure**

n. 消費，開銷

v. **expend** 花費

= **expense** 花費，消費
≠ **income**，**revenue** 收入，稅收

The report shows this year's **expenditure** has declined slightly.

報告顯示，今年的 **支出** 略有下降。

哟啾
Skill

❶ / (B) accounting

我們需要仔細檢查亞利桑那州分公司提交的會計數據。

accounting figures 是有『會計數據』意思的複合名詞。
(C) account 會計帳目、帳戶，(D) accountant 會計師。

There have been numerous branch expansion suggestions but none of them are within _____ .

(A) budget
(B) fare
(C) price
(D) fee

634

asset

n. 財富

= estate, property 地產，財產

The value of an **asset** must increase as time goes by.

資產 的價值必須隨著時間的推移而增加。

635

expense

n. 費用

adj. **expensive** 昂貴

= charge, cost 花費　expenditure 支出
+ at one's expense 費用自理
　expense receipts 費用收據
　outstanding expenses 未付開支

The **expense** report must be turned in by today.

費用 報告必須在今天之前提交。

636

budget

n. 預算

Our **budget** is always limited.

我們的 **預算** 總是有限的。

---

❷ / **(A) budget**

有很多分公司的擴展建議，但都不在預算範圍內。

Within budget 是有『在預算範圍內』意思的語句。
(B) fare 車費，(C) price 價格，
(D) fee（繳納給機關的）稅金、手續費。

The BM Library announced that it will donate all of the
_____ from this year's art festival to the construction
of the community center.

(A) proceed

(B) proceeds

(C) proceeded

(D) proceeding

637

☐ **debt**

n. 債務

n. **debtor** 債務人

Big companies have very little **debt**.
大公司的 **債務** 很少。

638

☐ **proceeds**

n. 收益

A portion of the **proceeds** will be
donated to charity.
部分 **收益** 將捐贈給慈善機構。

639

☐ **amount**

n. 數量

v. **amount** 共計，為數

A large **amount** of money will be
used for advertisements.
大 **量** 資金將用於廣告。

640

☐ **deduction**

n. 扣除

v. **deduct** ，

To get a tax **deduction** is not easy.
要獲得 **減** 稅並不容易。

---

❶ / **(B) proceeds**

BM 圖書館宣布將捐贈今年藝術節的所有收
入，用於建設社區中心。

all of the 後需接名詞，
(B) proceeds (收入) 為正確選項。
(A) proceed 進行 (動詞)。

2 During the training _____ , all participants will be given accommodations and meals, but cars are not provided.

(A) tenure
(B) rent
(C) period
(D) lease

641

period

n. 週期，期間

The accounting **period** is not decided by the management.
會計 **期間** 並非由管理層決定。

642

quarter

n. 25 美分硬幣，四分之一，季度

adj. **quarterly** 季刊

This **quarter**'s accounting report has been finalized.
本 **季** 的會計報告已經完成。

---

❷ / **(C) period**

在培訓期間，將提供所有參與者住宿和膳食，但不提供汽車。

介系詞後要接名詞 (句)。
training period 是有『培訓期間』意思的複合名詞。
(A) tenure 任期，(B) rent 租金，(D) lease 租約。

會計

動詞

①

As of next month, shipping and handling will be _____ from the total cost.

(A) pleased　　　　(B) deducted

(C) resigned　　　　(D) interested

643

☐ **calculate**

v. 計算，打算

n. **calculation** 計算

Please let me know how to **calculate** the rate of depreciation.
請讓我知道如何 **計算** 折舊率。

644

☐ **deduct**

v. 扣除，扣掉

n. **deduction**

Income tax was **deducted**.
所得稅 **扣除**。

645

☐ **amend**

v. 修改

n. **amendment** 修訂
adj. **amendable** 可修正

= **revise, modify** 訂正，修飾

The tax bill can be **amended** next year.
稅法可在明年 **修正**。

646

☐ **browse**

v. 瀏覽，翻閱

The CEO **browsed** the financial report.
執行長 **瀏覽** 財務報告。

嗆辣
Skill

❶ / **(B) deducted**

截至下個月，運費和手續費將從總成本中扣除。

shipping and handling（運費和手續費）、the total cost（總額）為答案的線索。be deducted from 是有『從 - 扣除』意思的語句。(A) pleased 高興，(C) resigned 辭職的，(D) interested 有趣的。

2 If you wish to be _____ promptly for the expenses incurred from the business trip to London last month, please submit this form to me by tomorrow.

(A) reimburse   (B) reimbursed

(C) reimbursing   (D) reimbursement

647

□ # reimburse

v. 補償，退款

n. **reimbursement** 報銷

+ reimburse 補償
  reimburse 退款

The company will **reimburse** you for all travel expenses.

公司將 <u>退還</u> 所有差旅費用。

648

□ # allocate

v. 支配，調配

n. **allocation** 分配

= assign 指定
+ allocate A for B 為 B 分配 A
  allocate A to B 把 A 調配給 B

More funds will be **allocated** for advertisements.

將為廣告 **分配** 更多資金。

---

❷ / **(B) reimbursed**

如果您希望立即報銷上個月出差到倫敦的費用，請在明天之前將此表格提交給我。

promptly for the expenses (立即支付費用) 是正確選項的線索。be reimbursed promptly 是有『快速報銷』意思的語句。(D) reimbursement 報銷。

會計

形容詞/
副詞 1

① The company's _____ condition can affect its stability and consequently decide its current stock prices.

(A) financially　　(B) financial

(C) financed　　(D) finance

649
□ # fiscal

adj.財務的，財政的

+ **fiscal year** 財政年度
　fiscal operation 財務運作

The **fiscal** year starts on January 1.
財政 年度從 1 月 1 日開始。

650
□ # financial

adj.財務的，財政的，金融的

n. **finance** 財政，金融
v. **finance** 向…提供資金

NBC Cable TV was having a **financial** problem.
NBC 有線電視有 **財務的** 問題。

651
□ # worth

adj.價值

n. **worth** 意味，意義
adj. **worthy** 值得
　worthwhile 合算

+ worth + 值得
　worth ~ing - 值得的

The CEO's presentation was **worth** attending.
執行長的演講 **值得** 參加。

652
□ # outstanding

adj.優秀的，突出的

= **exceptional** 優良
　overdue, unpaid 過期，未付

An **outstanding** accountant was just hired.
剛剛聘請了一位 **傑出的** 會計師。

答題 Skill

① / **(B) financial**

公司的財務狀況會影響其穩定性，從而決定其當前的股價。

所有格和名詞中間為形容詞的位置。financial condition 有『財務狀況』的意思。
(A) financially 財政的（副詞），(D) finance 財政（名詞）。

Following fifteen years of _____ service for Power Electronics Group, vice president Sebastian Church announced her retirement.

(A) disappointed   (B) satisfied

(C) excited   (D) outstanding

653

□ considerable

adj. 可觀的，重大的

v. **consider** 考慮

= **substantial** 重大，值得的

≠ **insignificant** 微不足道

The accounting reports show a **considerable** rise in operating income.

會計報告顯示營業收入 **大幅的** 增加。

654

□ exempt

adj. 豁免的

n. **exemption** 豁免

+ **be exempt from** 從…免除

The interest income is **exempt** from tax.

利息收入 **免** 稅。

---

❷ / **(D) outstanding**

在電力電子集團服務十五年後，副總裁 Sebastian Church 宣布退休。

形容詞可修飾事物名詞，(D) 為正確選項。剩下選項皆為 情緒動詞的過去分詞狀態，需與人的名詞一起使用。

(A) disappointed 失望的，(B) satisfied 滿足的，

(C) excited 興奮的。

Because the statistical data from our current agency has been _____ , we will find another service agency.

(A) reliable
(B) accurate
(C) dependable
(D) inaccurate

655

□ **accurate**

adj. 準確的，精確的，正確的

n. **accuracy** 準確性
adv. **accurately** 精準地

≠ inaccurate 不準確

Accounting reports must be **accurate**.

會計報告必須 **精確**。

656

□ **inaccurate**

adj. 不準確的，不精確的

No **inaccurate** data was found in the report.

沒有發現 **不準確的** 數據報告。

657

□ **total**

adj. 總共的，全部的

adv. **totally** 總共

The **total** profits were wrong in this financial report.

這個 **總** 利潤是錯誤的財務報告。

658

□ **equal**

adj. 相同的，相等的

n. **equality** 平等
adv. **equally** 一樣

Every asset cannot have **equal** value.

每一項資產都不可能具有 **同等的** 價值。

---

❶ / (D) inaccurate

由於我們現有機構的統計數據不準確，我們會找到另一個服務機構。

文意上以 statistical data（統計資料）的狀態不準確，find another service agency（找其他系統的代理公司）較為自然，所以 (D) 為正確。(A) reliable 值得相信的，(B) accurate 精確的，(C) dependable 可信任的。

2 I am sure that you will find my qualifications _____ for the accounting position you have advertised.

(A) accustomed   (B) accessible

(C) adequate   (D) affirmative

659
☐ # deficient

adj.匱乏的，貧乏的

n. **deficiency** 不足

≠ **sufficient** 足夠

The accuracy of this accounting report is **deficient**.

該會計報告的準確性 不足。

660
☐ # adequate

adj.合適的

n. **adequacy** 充足
adv. **adequately** 充分

The manager is looking for the most **adequate** accounting procedures.

經理正在尋找最 **合適的** 會計程序。

---

❷ / **(C) adequate**

我相信你會發現我的資格足以應付你所公布的會計職位。

為『find + 受詞 + 受格補語』的句型。受格補語的位置需填入形容詞，因此跟介系詞 for 一起使用的 (C) adequate (適當的) 為正確。(A) accustomed 熟悉的，(B) accessible 可使用的，(D) affirmative 肯定的。

Future Asset Consulting Service provides reliable investment advice that assists clients in making smart _____ decisions.

(A) invested (B) invests

(C) invest (D) investment

661

☐ **investment**

n. 投資

n. **investor** 投資者

Think carefully before making **investment** decisions.

在作出 **投資** 決定前仔細考慮。

662

☐ **property**

n. 財產，資產

This building is our company **property**.

這個建築物是公司 **資產**。

663

☐ **insight**

n. 眼光

adj. **insightful** 見地

He has no **insight** into investment.

他對投資沒有 **洞察力**。

664

☐ **portfolio**

n. 投資組合

Investment **portfolio** analysis services are provided to investors.

為投資者提供 **投資組合** 分析服務。

---

❶ / (D) investment

Future Asset Consulting Service 提供可靠的投資建議，協助客戶做出明智的投資決策。

形容詞和名詞間需填入其他形容詞或可形成複合名詞的名詞。所以複合名詞 investment decisions（投資決定）較自然。**(C)** invest 投資（動詞）。

2 Now that Ms. Kang Eun Ji's performance is very outstanding, she has a good _____ of being promoted to the manager position.

(A) permit
(B) estimate
(C) chance
(D) doubt

665

chance
n. 機會

Don't miss a good **chance** to invest.
千萬不要錯過投資的好 **機會**。

666

reliability
n. 可靠性

adj. **reliable** 可靠的

Investors have some doubts about their **reliability**.
投資者對其 **可靠性** 有一些懷疑。

667

sponsor
n. 贊助

n. **sponsorship** 贊助
v. **sponsor** 贊助者

Many **sponsors** are interested in investment briefing.
許多 **贊助商** 對投資說明很感興趣。

668

consent
n. 同意

v. **consent** 允若

= approval, permission 贊同, 允許
≠ dissent, objection 異議, 反對
+ consent of 同意…
  written consent 書面同意

Without an investor's **consent**, we cannot share any personal information.
未經投資者 **同意**, 我們不能分享任何個人資訊。

---

❷ / (C) chance
現在 Kang Eun Ji 女士的表現非常出色, 她很有可能晉升為經理職位。

文意上 performance（業務表現）與 outstanding（出色的）較通順, 所以 being promoted（可晉升）的好機會為自然。(A) permit 允許, (B) estimate 估價單, (D) doubt 懷疑。

活動/
訓練

名詞

The annual medical _____ held in Chicago will be very informative and useful, especially for dentists.
(A) confer
(B) concerned
(C) concerns
(D) conference

669
☐ **conference**

n. 會議

The annual **conference** usually takes place in December.
年度 **會議** 通常在 12 月舉行。

670
☐ **workshop**

n. 工作室，研討會

This **workshop** is on how to raise employees' performance levels.
這個 **研討會** 是關於如何提高員工的績效水準。

671
☐ **lecture**

n. 演講

n. **lecturer** 講師

The lecturer of this **lecture** is the CEO.
這次 **講座** 的講師是執行長。

672
☐ **failure**

n. 失敗

v. **fail** 失敗，失誤

This charity resulted in **failure**.
這個慈善事業導致了 **失敗**。

---

❶ / (D) conference

在芝加哥舉行的年度醫學會議將會非常充實且有用，特別是對牙醫來說。

主詞位置為名詞句，空格填入名詞 (D) conference（會議）為正確。(A) confer（獎）頒發（動詞），(B) concerned 擔心（形容詞），(C) concerns 擔心（名詞）。

It is _____ that you give a good first impression when you meet somebody, as it can lead to a good business relation.

(A) essential (B) reliant

(C) responsible (D) sturdy

673
□ # entry

n. 入口，項目

n. **entrance** 入口
v. **enter** 輸入

= **submission** 服從

Each **entry** must fill in a form.
每一 **項** 都必須填寫一份表格。

674
□ # essential

n. 必要，要素

n. **essence** 本質
adj. **essential** 必要的

He understands the **essentials** for success.
他理解成功的 **要素**。

675
□ # platform

n. 平台

The **platform** has been rearranged for this event.
該 **平台** 已重新安排了此次活動。

---

❷ / (A) essential

當你遇見某人時，提供一個良好的第一印象至關重要，因為這可能會帶來良好的商業關係。

It is essential that 子句有『～是很重要的』的意思。
(B) reliant 依賴的，(C) responsible 有責任感的，
(D) sturdy 堅固的

活動/
訓練

動詞

1 New employees hired after May 15 must _____ the accounting software training, which will be led by accounting manager Michael Ken.

(A) take part   (B) participate

(C) present   (D) attend

676

☐ # register

v. 登記

n. **registration** 註冊

= **enroll in** - 報名參加

Please **register** early if you want to attend the workshop.
如果您想參加研討會，請提前 **註冊**。

677

☐ # reserve

v. 保留，預約

n. **reservation** 保留
adj. **reserved** 保留的

Reserve the meeting room and retain the reservation number.
預訂 會議室並保留預訂號碼。

678

☐ # attend

v. 出席

n. **attendance** 出勤
attendee 與會者
attendant 服務員

= **participate in** 參與在…

Attend the conference and get useful information.
參加 會議並獲取有用的信息。

679

☐ # host

v. 主辦

n. **host** 主持人

+ host + a display / a lecture / a celebration
主持 + 一個展覽 / 一場演講 / 一場慶典

Rome will **host** the world film festival next year.
羅馬將於明年 **舉辦** 世界電影節。

---

1 / (D) attend

5 月 15 日之後僱用的新員工必須參加由會計經理 Michael Ken 領導的會計軟體培訓。

助動詞後是有『參加』意思的動詞原型位置。
(A) take part、(B) participate 帶出受詞時需要加介系詞 in，(C) present 後需為『受詞 + 介系詞』。

2 The board of directors of ZXC Games _____ that finding the new CFO within the company would be a better option.

(A) responded   (B) proceeded

(C) allocated   (D) concluded

680

☐ # gather

v. 收集

n. **gathering** 蒐集

Many people **gathered** at the awards ceremony to see the K-pop stars.
許多人 **聚集** 在頒獎典禮上為了看到 K-pop 明星。

681

☐ # schedule

v. ~預計

n. **schedule** 日程，時間表

+ be scheduled for + 為…預定
  be scheduled to do 被安排去做

The shareholders' meeting is **scheduled** for tomorrow.
股東大會 **定於** 明天舉行。

682

☐ # conclude

v. 締結，(以…) 結束

n. **conclusion** 結論

The meeting **concluded** with the CEO's speech.
會議以執行長的發言 **結束**。

---

❷ / **(D) concluded**

ZXC Games 董事會認為，在公司內找到新的 CFO 是更好的選擇。

空格為句子動詞的位置，以 that 子句為受詞的選項是 (D) concluded (做結論)。(A) responded 回答，(B) proceeded 進行，(C) allocated 分配。

683
–
688

活動/
訓練

形容詞/
副詞

I have gathered the data for several months to give a very _____ presentation at the annual medical conference in Sydney.

(A) information (B) informative

(C) inform (D) informer

683
□ **informative**

adj. 信息豐富的

- n. **information** 資訊
- v. **inform** 通知，告知
- + informative + brochure / booklet
  信息 + 小冊 / 冊本

This training is both **informative** and enjoyable.
這次培訓既 **信息豐富** 又愉快。

684
□ **instructive**

adj. 具有教育意義的

- n. **instruction** 指令，指示

I found the meeting **instructive**.
我覺得會議 **很有教育意義**。

685
□ **encouraging**

adj. 鼓舞人心的

- n. **encouragement** 鼓勵
- v. **encourage** 促進
- ≠ discouraging 令人沮喪

The CEO's speech was so **encouraging**.
執行長的演講非常 **振奮人心**。

686
□ **detailed**

adj. 詳細的

- n. **detail** 細節
- + detailed information 詳細資料

The **detailed** schedule for this event is here.
這個活動的 **詳細** 時間表在這裡。

---

❶ / **(B) informative**

在雪梨舉行的年度醫療會議上，我把收集了數個月的數據做了非常豐富的介紹。

由於順序是『冠詞 + 副詞 + 形容詞 + 名詞』，因此 (B) informative (有利的) 為正確選項。
(A) information 資訊，(C) inform 告知，
(D) informer 通知者。

2 We have also included a _____ instruction manual on how to install this software program, which is very easy and quick.

(A) approached (B) detailed

(c) probable (D) loyal

687

compulsory

adj.義務的，必須的

n. **compulsion** 義務
v. **compel** 迫使

= **obligatory** 義務的

It is **compulsory** for new recruits to attend this orientation.
新員工 **必須** 參加這個培訓。

688

previously

adv.先前地，預先地

adj. **previous** 以前，過去

= **before, earlier** 之前，早先

Previously, the CEO made the keynote address himself.
稍早前，執行長親自發表主題演講。

---

❷ / **(B) detailed**

我們還提供了一份關於如何安裝該軟體程序的詳細說明手冊，該手冊非常簡單快捷。

冠詞和名詞間為形容詞的位置，detailed instruction 有『詳細的說明書』之意。(A) approached 靠近，(C) probable 可能，(D) loyal 忠心的。

員工
福利

名詞

Sales manager Chris Mike was praised in _____ of his excellent performance he has shown for the past 2 years.

(A) recognize

(B) recognized

(C) recognizing

(D) recognition

689

☐ **compensation**

n. 賠償金，報酬

v. **compensate** 補償，賠償

+ compensation for 賠償 -

Employees exceeding the sales goal will be given **compensation**.
超過銷售目標的員工將獲得 **報酬**。

690

☐ **recognition**

n. 承認，讚賞

v. **recognize** 認識，認清
adj. **recognizable** 識別

+ in recognition of 表彰 -

In **recognition** of employees' performance, there will be a promotion.
為了 **表彰** 員工的表現，將會有個升遷的機會。

691

☐ **honor**

n. 榮譽，榮耀

v. **honor** 尊敬，尊重

+ in honor of - 為了紀念

I regard working here as an **honor**.
我認為在這裡工作是一種 **榮譽**。

692

☐ **overtime**

n. 加時，加班

adv. **overtime** 超時地

+ overtime allowance 加班津貼

You are eligible for **overtime** pay.
你有資格獲得 **加班** 費。

---

❶ / **(D) recognition**

銷售經理 Chris Mike 因其在過去兩年中展現的出色表現而受到稱讚。

介系詞後為名詞的位置。in recognition of 是有『承認 -』意思的語句。(A) recognize 承認 (動詞)。

I was trying to meet the CEO of GU Manufacturing but I wasn't able to because he was on sick _____ .

(A) retrieve

(B) leave

(C) initiative

(D) retire

693

□ leave

n. 假期

v. **leave** 離開

= **absence** 缺席

+ **on leave** 休假

Before taking a **leave**, you must inform your supervisor at least 2 weeks in advance.

在 **休假** 之前,您必須至少提前 2 週通知您的主管。

694

□ case

n. 案件

+ **in any case** 任何狀況之下

In that **case**, you cannot take a sick leave.

在那種情況下,你不能請病假。

---

❷ / **(B) leave**

我試圖與 GU 製造公司的執行長會面,但我無法,因為他正在病假。

介系詞 on 後需接名詞 (句)。句意上以 (B) leave (休假) 為 正 確。(A) retrieve 回 收 (動 詞),(C) initiative 計 畫 (名詞),(D) retire 退休 (動詞)。

Employees exceeding our company's sales goal will be
_____ with a bonus and a paid leave for a week.

(A) rewarding   (B) reward

(C) rewards   (D) rewarded

695

☐ # reward

v. 獎勵，報酬

n. **reward** 獎金，獎品
adj. **rewarding** 值得做的，有價值的

The company **rewarded** employees with a bonus.
該公司以獎金 **獎勵** 員工。

696

☐ # compensate

v. 補償

n. **compensation** 賠償金
adj. **compensatory** 補償性

+ compensate A for B 為了 B 補償 A

She was **compensated** for extra work by the company.
她因為加班而得到了公司的 **補償**。

697

☐ # regard

v. 看待，關心

n. **regard** 注重
pre. **regard** 致意

= view 意見，看法
+ regard A as B 把 A 看作 B

Working after 6 p.m. is **regarded** as extra work.
6 點後工作被 **認為** 是加班。

698

☐ # encourage

v. 鼓勵，激勵

n. **encouragement** 獎勵，助長
adj. **encouraging** 鼓勵的，振奮人心的

= promote 晉升，促進

Employees were **encouraged** to renew their insurance policies.
鼓勵 員工續簽保險單。

---

❶ / (D) rewarded

超過公司銷售目標的員工將獲得一週獎金和帶薪休假。

主詞的員工們不是給予獎金或休假，而是被接受的立場，應為被動語態。
(A) rewarding 有利的，(B) reward 獎勵。

2 Boston citizens are _____ to use public transportation while the Boston Marathon Competition is held from February 12 to 14.

(A) encourages
(B) encouraged
(C) encourage
(D) encouraging

699
☐ # enroll

v. 註冊

n. **enrollment** 登記

= register, sign up 登記，簽名
+ enroll in - 應徵，入會

Enroll in the training before July 19.
7 月 19 日前 **參加** 培訓。

700
☐ # emphasize

v. 注重，強調

n. **emphasis** 強調，注重

= stress 壓迫

The CEO **emphasized** employee welfare.
執行長 **重視** 員工福利。

---

❷ / **(B) encouraged**
鼓勵波士頓公民在 2 月 12 日至 14 日舉行波士頓馬拉鬆比賽時使用公共交通工具。

be 動詞後需填入可表現現在進行式的現在分詞或被動語態的過去分詞，意思上以『鼓勵』市民們的選項 (B) encouraged 為正確。

I am looking for a company which offers a competitive salary and a _____ benefit plan.

(A) competition
(B) compete
(C) competitor
(D) comprehensive

701

beneficial

adj. 有利的，有益的

n. **benefit** 利益
≠ **harmful** 有害的
+ **be beneficial for** 為了…有利
　be beneficial to 對…有利

The new employee benefits are **beneficial** to all employees.
新的員工福利對所有員工都有 **好處**。

702

grateful

adj. 感激的

He was **grateful** to receive an award and a bonus.
他很 **榮幸** 能夠獲得獎項和獎金。

703

comprehensive

adj. 廣泛的，全面的，完整的

v. **comprehend** 理解
adj. **comprehensible** 能理解的
adv. **comprehensibly** 理解地

We need a **comprehensive** welfare policy.
我們需要 **全面的** 福利政策。

704

medical

adj. 醫學的，醫療的

+ **medical facility** 醫療設施
　medical record 醫療記錄

Does this company provide **medical** insurance?
這家公司有提供 **醫療** 保險嗎？

---

❶ / (D) comprehensive
我正在尋找一家提供有競爭力薪酬和完整福利計劃的公司。

冠詞和名詞間為形容詞的位置，
(D) comprehensive (綜合性的) 為正確選項。
(A) competition 競爭 (名詞)，
(B) compete 競爭 (動詞)，
(C) competitor 競爭者 (名詞)。

2 The _____ office party for the company's employees will be held in the Grace Adam Hill Hotel, where last year's party took place.

(A) weekly   (B) annual

(C) quarterly   (D) daily

705

annual

adj. 每年的，年度的

adv. **annually** 年度地

+ annual growth rate 年增長率
  annual conference 年會
  annual safety inspection
  年度安全檢查

Employees who work over 5 years are eligible for an **annual** bonus.
工作超過5年的員工有資格獲得 **年度** 獎金。

706

physical

adj. 物質的，有形的，身體的

+ physical therapy 物理療法
  physical examination 體檢

All staff must have a **physical** checkup every other year.
每隔一年所有工作人員必須進行 **體** 檢。

---

❷ / (B) annual

公司員工的年度辦公室派對將在 Grace Adam Hill Hotel 舉行，去年派對的舉辦地點。

透過 last year's party took place (去年舉辦過活動的) 可知道 (B) annual (每年的) 為正確選項。
(A) weekly 每週的，(C) quarterly 每季的，
(D) daily 每天的。

Before making a decision to purchase a new car from SS Motors, Ms. Claire Shin consulted her _____ about the car.

(A) fix

(B) coworker

(C) introduce

(D) exchange

707

career

n. 事業

This transfer to our London office will be a good **career** move for you.
調動到我們倫敦的辦公室對你來說，將是一個很好的 **職涯** 發展。

708

colleague

n. 同事

= associate, coworker, peer
關聯，合夥人，同輩

I was transferred to a new department with a **colleague** of mine.
我和一位 **同事** 一起被調到了一個新部門。

709

coworker

n. 合夥人，同事

+ former coworker 創業合夥人

An old **coworker**, Michael, joined the planning team.
一位老 **同事** 邁克爾加入了策劃團隊。

710

supervisor

n. 管理者

v. **supervise** 監督，管理

A newly appointed **supervisor** Jason will be introduced to the staff.
新任命的 **主管** 賈森將被介紹給工作人員。

---

❶ / (B) coworker

在決定從 SS Motors 購買新車之前，Claire Shin 女士向她的同事諮詢過這輛車。

所有格後接名詞，選項 (B) coworker（同事）為正確選項。(A) fix 修理（動詞），(C) introduce 介紹（動詞），(D) exchange 更換（動詞）。

2 A letter of _____ should cover a concise and accurate description of why she or he is recommended.

(A) recommend (B) recommending

(C) recommended (D) recommendation

711
☐ **appraisal**

n. 評價

v. **appraise** 鑑定

= assessment, evaluation 評定

+ job appraisal 工作評估

Mr. Smith's promotion was based on the employee **appraisal**.
史密斯先生的晉升取決於員工的 **評價**。

712
☐ **evaluation**

n. 評估

n. **evaluator** 評估者

v. **evaluate** 對…估價

+ performance evaluation 績效評估
  course evaluation 課程評估

This **evaluation** data was used f or deciding promotions.
此 **評估** 數據用於決定促銷活動。

713
☐ **recommendation**

n. 推薦

v. **recommend** 推薦，推舉

Without the **recommendation**, you could not have been transferred here.
沒有 **推薦**，你不可能調動到這裡。

714
☐ **mention**

n. 發言，提及

v. **mention** 提到

There has not been any **mention** about this year's internal move yet.
今年的內部動向尚未 **提及**。

---

❷ / (D) recommendation

推薦信應包括簡明扼要的描述為什麼他或她被推薦。

介系詞後接名詞，
選項 (D) recommendation (推薦) 為正確選項。
(A) recommend 推薦。

Ms. Hong will receive an _____ for her excellent contributions to Leather Fashion Apparel that she has made over the past 2 quarters.

(A) quote　　　　　　(B) recipient

(C) appraise　　　　　(D) award

---

715 □ **praise**

n. 稱讚

= compliment 恭維話

The CEO deserves **praise** for his excellent performance and hard work.

執行長的出色表現和辛勤工作很值得 **讚揚**。

---

716 □ **appreciation**

n. 感激，欣賞

v. **appreciate** 感激，欣賞
adj. **appreciative**
　　有鑒別力的，有眼力的

I showed my **appreciation** for the transfer approval.

我對調動許可表示 **感激**。

---

717 □ **award**

n. 獎項

v. **award** 給與

+ award-winning 獲獎

The **award** was given to Mr. Lee, who got transferred here last month.

這個 **獎** 是頒給上個月調動到這裡的的 李先生。

---

718 □ **accomplishment**

n. 成就，才能

v. **accomplish** 完成，達到

Those who showed excellent **accomplishments** will be moved to our team.

那些表現優異 **成績** 的人將被調動至我們 的團隊中。

---

❶ / (D) award

洪女士因其在過去 2 個季度對 Leather Fashion Apparel 的出色貢獻而獲獎。

最適合動詞 receive (接受) 的受詞為 (D) award (獎)。
(A) quote 引用 (動詞)，(B) recipient 接受者 (名詞)，
(C) appraise 評估 (動詞)。

Considering his _____ and achievement, the hiring director is certain that Mr. Garcia Tomson will be a great asset to the organization.

(A) dedication
(B) dedicated
(C) dedicating
(D) dedicate

719
☐ **dedication**

n. 貢獻，致謝辭

v. **dedicate** 奉獻
adj. **dedicated** 專用

+ **dedication to** 致力於…

He has always shown great **dedication** to the cause.
他對這項事業一直表現出強烈的 **奉獻** 精神。

720
☐ **nomination**

n. 提名

n. **nominee** 被提名者
v. **nominate** 任面

= **appointment** 約定

I am pleased with the **nomination** to be sent to the manager of Human Resources.
我很高興將 **提名名單** 發送給人力資源經理。

721
☐ **judgment**

n. 判斷

v. **judge** 審判

Management reserved **judgment** on the internal move.
經營團隊保留對內部舉措的 **判斷**。

722
☐ **farewell**

n. 告別

A **farewell** party will be held for those leaving our team.
為離開我們團隊的人舉行 **歡送** 會。

---

❷ / **(A) dedication**

考慮到他的奉獻精神和成就，招聘董事確信 Garcia Tomson 先生對於該組織來説是一筆巨大的財富。

所有格後必須跟與 and 一起連接的 achievement（成就）皆為名詞。(D) dedicate 奉獻（動詞）。

The main purpose of today's team meeting is to discuss and _____ how effectively our sales team has been operating.

(A) assess
(B) assessing
(C) assesses
(D) assessed

723

evaluate

v. 評估，評價

n. **evaluation** 評測

= assess, appraise, judge
評價，鑑定，審判

After **evaluating**, we will decide who will be transferred.
評估 後，我們將決定誰將被調動。

724

assess

v. 評估

n. **assessment** 評定

Managers are **assessing** staff for personnel changes this spring.
管理人員正在 **評估** 員工今年春天的人事變動。

725

appraise

v. 評價

n. **appraisal** 估計

Appraise and submit the names for personnel transfers.
評估 並提交人員調動的名字。

726

suggest

v. 建議，提議

n. **suggestion** 指點，暗示

Each supervisor can **suggest** an employee for the vacancy.
每位主管都可以為空缺職位 **推薦** 員工。

---

❶ / (A) assess

今天團隊會議的主要目的是討論和評估我們銷售團隊的運作效率。

同等連接詞 and 前後需為 to 不定詞的並列句結構，所以 (A) assess (評估) 為正確選項。

2 The board of directors announced that the current CEO would resign next month and Mr. Jason Lee has been _____ the new CEO.

(A) appointed (B) fired

(C) dismissed (D) retired

727
□ **appoint**

v. 指定

n. **appointment** 約會，約定

Mr. Levitt has been **appointed** as the new hiring director.

Levitt 先生已被 **任命** 為新的招聘主管。

728
□ **designate**

v. 委派，指派

n. **designation** 指出，指明
adj. **designated** 指定的，派定的

You must **designate** your successor before you leave the company.

在離開公司之前，您必須 **指定** 您的接任者。

729
□ **promote**

v. 促進，提升

n. **promotion** 升遷
adj. **promotional** 促進

≠ demote 降級

Some employees were **promoted** and transferred to head office.

一些員工被 **提拔** 並調任到總部。

730
□ **join**

v. 加入，參加

adj. **joint** 連接處
adv. **jointly** 聯合地，連帶地

Ms. Kang will **join** our team next month.

Kang 女士將於下個月 **加入** 我們的團隊。

---

❷ / **(A) appointed**

董事會宣布，現任執行長將於下個月辭職，Jason Lee 先生被任命為新的執行長。

the current CEO would resign（現任執行長將辭職）後接『將任命新的執行長』較為通順自然。
(B) fired 解雇，(C) dismissed 解雇，(D) retired 退休。

1

Because Mr. Jack Welch in sales would like to live with his family, he has decided to _____ to the city where they live.

(A) promote   (B) fire

(C) transfer   (D) hire

731

transfer

v. 轉讓，移交，調動

n. **transfer** 移轉，轉送

= **move** 移動

Employees can be **transferred** if they want.
員工如果願意可以隨時 **調動**。

732

remove

v. 去掉，清除

+ remove A from B 從 B 那移除 A

Unapproved personal belongings in the office will be **removed**.
辦公室內未經批准的個人物品將被 **清除**。

733

dismiss

v. 解僱，解散

n. **dismissal** 免職，開除

= **fire** 開除

Mr. Lee was **dismissed** just before he was to be transferred to our department.
李先生在調任到我們部門之前就被 **解雇** 了。

734

fire

v. 開除

Before deciding on the personnel transfers, the CEO **fired** 12 staff members.
在決定人事調動之前，執行長 **解雇** 了 12 名員工。

---

❶ / (C) transfer

因為 Jack Welch 先生在銷售中想要和他的家人一起生活，他決定轉調到他們居住的城市。

句意上以『移動到家人在的地方』較為自然，所以最接近的選項為 (C) transfer (轉調)。(A) promote 晉升，(B) fire 解雇，(D) hire 雇用。

2 After 15 years of service as the production manager at Show Manufacturing, Mr. Martin Steven will _____ on December 12.

(A) rehab   (B) refuse

(C) retrieve   (D) retire

735

☐ # retire

v. 退休，退役

n. **retirement** 退休，退職

The management announced that 3 board members would **retire**.
管理層宣布 3 名董事會成員將 **退休**。

736

☐ # mark

v. 標記，標誌

n. **mark** 標識，特徵

= **celebrate** 表揚，讚美

To **mark** our 20th anniversary, the CEO promoted 5 staff members.
為 **紀念** 我們成立 20 週年，執行長晉升了 5 名員工。

737

☐ # congratulate

v. 祝賀

n. **congratulation** 恭喜

+ congratulate A on B A 向 B 祝賀

I **congratulate** you on your promotion.
我 **恭喜** 你的晉升。

738

☐ # respect

v. 尊重

n. **respect** 關心尊敬
adj. **respectful** 尊重的，敬重的
    respectable 值得尊重的

I **respect** the CEO's insight on human resources affairs.
我 **尊重** 執行長對人力資源事務的見解。

---

❷ / **(D) retire**

在 Show 製造公司擔任 15 年的生產經理後，Martin Steven 將於 12 月 12 日退休。

After 15 years of service (工作 15 年後) 為答案的線索。
(A) rehab 上癮治療 (名詞)，(B) refuse 拒絕 (動詞)，
(C) retrieve 回收 (動詞)。

人事
異動

形容詞/
副詞

①

Western Company's sales manager is looking to hire someone, who is especially _____ at contract negotiation.

(A) skilled   (B) priced

(C) willing   (D) telling

739

designated

adj. 特定，指定

n. **designation** 指定
v. **designate** 指定，委派

The **designated** employees are eligible for this promotion.
指定 的員工有資格參加此促銷活動。

740

skilled

adj. 熟練的，嫻熟的

n. **skill** 技能 技術

+ **be skilled at** 熟練掌握

Our London office asked us to send some **skilled** marketing specialists.
我們的倫敦辦事處要求我們派出一些 **熟練的** 行銷專家。

741

competent

adj. 勝任的

Two **competent** publicity experts are expected to be assigned soon.
預計很快將派任兩名 **能幹** 的宣傳專家。

742

discouraging

adj. 令人沮喪的

n. **discouragement** 沮喪
v. **discourage** 阻礙

≠ **encouraging** 鼓舞人心的

This personnel transfer seems **discouraging**.
這些人員調動似乎 **令人沮喪**。

解說
Skill

❶ / (A) skilled

西部公司的銷售經理正想找尋聘用對合約協商特別擅長的人。

be 動詞和副詞後為形容詞的位置，介系詞 at 為答案的線索。be skilled at 有『對 - 熟悉』的意思。
(B) priced 有價格的，(C) willing 不願意 - ，
(D) telling 說話。

It is _____ that all employees take part in the awards ceremony held in ACE Hotel on December 23.

(A) satisfied   (B) mandatory

(C) embarrassed   (D) discouraged

743

□ **mandatory**

adj. 強制性的

It is **mandatory** that department heads attend this month's meeting.
部門負責人 **必須** 出席本月的會議。

744

□ **entire**

adj. 整個

n. **entirety** 整體，合計
adv. **entirely** 完全

The **entire** personnel agenda was canceled.
整個 人事議程被取消。

---

❷ / **(B) mandatory**

所有員工必須參加 12 月 23 日在 ACE 飯店舉辦的頒獎典禮。

It is mandatory that 子句有『對 - 有義務』的意思。
(A) satisfied 滿足的，(C) embarrassed 不好意思的，
(D) discouraged 挫折的。

If the product was damaged while in _____ , you can be issued a full refund or you can get a replacement at no cost.

(A) transformer　　　(B) transaction

(C) transit　　　　　(D) transport

745
transportation

n. 運輸，交通工具

v. **transport** 運輸，運送

You can use various methods of **transportation** in the city.
您可以在城市中使用各式各樣的 **交通工具**。

746
vehicle

n. 車輛

Vehicles like SUVs and RVs are not allowed to be parked here.
SUV 和 RV 的 **車輛** 不能停靠在這裡。

747
congestion

n. 擁塞，過剩

v. **congest** 積存

= **traffic jam** 塞車

To avoid traffic **congestion**, use a different road.
為了避免交通 **堵塞**，請使用不同的道路。

748
transit

n. 中轉運送，運輸，輸送

+ **public transit** 公共交通
  in transit 在途中

If you use public **transit**, you can get there 30 minutes earlier.
如果您使用大眾 **交通工具**，您可以提前 30 分鐘到達那裡。

---

❶ / **(C) transit**

如果產品在運輸過程中損壞，您可以獲得全額退款，或免費獲得替換產品。

介系詞 in 後為名詞的位置，the product was damaged 為正確答案的線索。while in transit 有『運輸中』的意思。(A) transformer 變壓器（名詞），(B) transaction 交易（名詞），(D) transport 輸送（動詞）。

Korea Railroad Company has decided to reduce _____ on some routes as a way of appealing to customers.

(A) tuitions   (B) fares

(C) tolls   (D) locations

749

☐ detour

n. 彎道

v. **detour** 車輛改道

There was a **detour** sign at the entrance of Highway 21.
21 號公路入口處有一個 **繞道** 標誌。

750

☐ fare

n. 票價，車費

+ airfare 機票錢
= fee 費用
   toll 通行稅

The **fare** is expected to rise next year.
票價 預計明年會上漲。

751

☐ fuel

n. 汽油，燃料

+ fuel-efficient 省油

The fare has risen with the cost of **fuel**.
票價隨著 **燃料** 成本而上漲。

752

☐ closure

n. 關閉

Road **closure** signs are used to warn drivers of closed roads.
道路 **封閉** 標誌用於警告駕駛人前方道路封閉。

---

❷ / (B) fares

韓國鐵路公司決定降低某些路線的票價作為吸引客戶的方式。

(B) fares (交通費) 是指與鐵路相關的費用。

(A) tuitions 學費，(C) tolls 過路費，(D) locations 位置。

Since some fallen trees caused by yesterday's typhoon are _____ Highway 21, drivers are encouraged to use a different road.

(A) clearing   (B) blocking

(C) sweeping   (D) cleaning

753
☐ # commute

v. 通勤

n. commuter 通勤

I **commute** by metro to avoid the traffic congestion.
我 **搭乘** 地鐵通勤，以避免交通堵塞。

754
☐ # obstruct

v. 阻礙，妨礙

n. obstruction 梗阻
adj. obstructive 妨礙的

= block 駔塞

The new building is **obstructing** the view from our window.
新建築 **阻礙了** 我們窗戶外的景觀。

755
☐ # block

v. 阻塞

n. block 分段

This bridge will be **blocked** for 2 weeks.
這座橋將被 **封鎖** 兩週。

756
☐ # divert

v. 轉移

n. diversion 轉換，改道

Vehicles heading for Orange County have to be **diverted**.
前往橘郡的車輛必須 **改道**。

---

❶ / **(B) blocking**

由於昨天颱風造成一些樹木倒下阻擋了 21 號高速公路，因此鼓勵駕駛人使用不同的道路。

fallen trees（倒下的樹木）與選項 (B) blocking（阻擋道路）連結在一起較為自然。
(A) clearing 清除，(C) sweeping 清掃，
(D) cleaning 清理。

The court _____ a fine of one million dollars on the company that violated the country's environmental law.

(A) lent　　　　　　(B) imposed
(C) reimbursed　　　(D) offered

757
☐ **impose**

v. 強加徵稅

+ impose A on B 在 B 上施加 A.

A new road tax will be **imposed** as of next week.
自下週起將 **徵收** 新的道路稅。

758
☐ **alleviate**

v. 和緩，緩和

n. **alleviation** 減輕，緩和
= ease 休閒，自在
≠ exacerbate 激怒，使煩惱
+ alleviate + congestion / concern
減少 + 緩和 / 擔憂

I expect the traffic jam to be **alleviated** soon.
我預計交通堵塞很快就會 **緩解**。

---

❷ / **(B) imposed**
法院對違反該國環境法的公司處以 100 萬美元的罰款。

impose a fine (徵收罰金) 請記住這個句型。
(A) lent 借，(C) reimbursed 償還，(D) offered 提供。

The CEO of Bens Car announced at the press conference that the merger negotiation with Fox Motors Group is _____ .

(A) uprising   (B) ongoing

(C) lifting   (D) outgoing

759

☐ **automotive**

adj.汽車的

There are many **automotive** customers demanding less fuel consumption.

有許多 **汽車** 客戶要求更低的汽油消耗量。

760

☐ **ongoing**

adj.進行的

The construction of the road is **ongoing**.

道路的建設正在 **進行中**。

761

☐ **alternative**

adj.可替代的，可選擇的

n. **alternative**
選擇，替代品，可供選擇的解決辦法
alternation 輪流

v. **alternate** 交流，替換

adv.**alternatively** 或者

+ a feasible alternative to
一個可行的選擇

Use an **alternative** option during the bridge closure.

在橋樑封閉期間請使用 **替代選項**。

762

☐ **temporary**

adj.臨時的，暫時的

adv.**temporarily** 暫時的，臨時的

The closure of the overpass is **temporary**.

天橋的封閉是 **暫時的**。

聽與
Skill

❶ / **(B) ongoing**

賓士汽車的執行長在新聞發布會上宣布，與福克斯汽車集團的合併談判正在進行中。

與 negotiation（協商）最適合的形容詞為 **(B) ongoing**（持續進行中）。**(A) uprising** 叛亂（名詞），**(C) lifting** 舉起（名詞），**(D) outgoing** 向外的（形容詞）。

2 The newly hired employees in the sales department will be given the _____ assignment which begins in April and lasts until early May.

(A) many   (B) various

(C) several   (D) temporary

763

□ # official

adj. 官方的公認的，正式的

n. **official** 官員，行政人員
adv. **officially** 正式的

= formal 正式

The town's bus, which is being temporarily operated, is not an **official** method of transportation.
該鎮正在臨時運營的巴士運輸不是 **正式的** 方式。

764

□ # numerous

adj. 數量多的

n. **number** 數字
adv. **numerously** 由多數人形成的

= multiple 多數的

There are **numerous** cars on the road.
路上有 **很多** 汽車。

765

□ # clearly

adv. 明確地

adj. **clear** 透明的，明白的
adv. **clear** 無疑的，的確的

= evidently 明白的，明顯的

Due to heavy fog, drivers cannot see **clearly**.
大霧期間，司機沒有辦法看 **清楚**。

---

❷ / **(D) temporary**

銷售部門新僱用的員工將獲得 4 月份開始的臨時工作，並持續到 5 月初。

定冠詞和名詞間為形容詞的位置。形容詞 (A) many (多的)，(B) various (各種的)，(C) several (許多的) 後面需接複數名詞，無法成為正確答案。所以 (D) temporary (臨時的) 為正確選項。

銀行
名詞

The online banking _____ through KS Bank's website will be temporarily suspended because of the update operation.

(A) transaction   (B) translate

(C) transition   (D) interpret

766

☐ # account

n. 帳戶，帳目

v. **account** 計算，交易

+ checking account 支票賬戶
  savings account 存款帳戶
  take ~ into account 考慮到
  on account of 由於

I would like to open an **account** at this bank.

我希望能在這間銀行開個 **帳戶**。

767

☐ # statement

n. 聲明，發表，(銀行) 對帳單

v. **state** 聲明，承述

+ bank statement 銀行對帳單
  revenue statement 收入報表
  monthly statement 月結單

Bank **statements** can be checked from an ATM.

可以從 ATM 查詢到銀行 **對帳單**。

768

☐ # transaction

n. 合約，交易

v. **transact** 交易

Online bank **transactions** are not possible at the moment.

目前無法進行網路銀行 **交易**。

769

☐ # balance

n. 平衡，結餘

= remainder 剩下的

Please check your outstanding **balance**.

請檢查您的 **餘額**。

---

❶ / **(A) transaction**

由於更新作業，透過 KS 銀行網站的網路銀行交易將暫時中止。

主詞為名詞子句，空格需填入名詞。
banking transaction 有『銀行交易』的意思。
(B) translate 翻譯 (動詞)，(C) transition (用其他條件) 轉換，(D) interpret 解釋。

2 The following email is a _____ of details of the shareholders' meeting which took place on March 23.

(A) refusal   (B) estimate

(C) refreshment   (D) summary

---

770 □ **interest**

n. 興趣，利率

adj. **interested** 感到有興趣的
interesting 令人有趣的

+ interested in 有興趣
in the interest of 為了⋯的利益
in one's best interest
符合自己的最佳利益
a vested interest 既得利益

The **interest** rate will decline soon.
利率 很快就會下降。

771 □ **check**

n. 支票

v. **check** 校驗，審核

You can pay with **check**.
你可以用 **支票** 付款。

---

772 □ **summary**

n. 概要，摘要

v. **summarize** 扼要講，總結

The **summary** for the business loan application is provided online.
線上提供商業貸款申請 **摘要**。

773 □ **possession**

n. 所有權，領土

v. **possess** 具有，具備

Before applying for the loan, you must prove **possession**.
在申請貸款之前，您必須證明 **所有權**。

---

❷ / **(D) summary**

以下電子郵件是 3 月 23 日舉行的股東大會的詳情摘要。

與 details of the shareholders' meeting (股東會議的詳細內容) 合適的名詞為 (D) summary (摘要)。
(A) refusal 拒絕，(B) estimate 估價單，
(C) refreshment 點心。

In order to _____ an official parking permit, residents must fill in the application form and submit it with the copy of your photo ID to the management office.

(A) recipient (B) receive

(C) receipt (D) receiving

774

☐ **deposit**

v. 寄存，委託保管

≠ withdraw 提領

You must **deposit** a minimum of $20 to open an account.
您必須至少 **存入** 20 元才能開立帳戶。

775

☐ **receive**

v. 接到，收到

n. **receipt** 收據
reception 會所

You can **receive** the withdrawal statement for free if you want it.
如果您願意，您可以免費 **獲得** 提款單。

776

☐ **double**

v. 加倍

n. **double** 兩倍
adj. **double** 雙重的

The interest income has more than **doubled**.
利息收入增加了一 **倍** 多。

777

☐ **possess**

v. 具有，具備

n. **possession** 擁有，所有

If you **possess** a house, you can take out a loan.
如果你 **擁有** 房屋，你可以用來貸款。

---

❶ / **(B) receive**
為了取得正式的停車許可證，居民必須填寫申請表格，並將其附帶照片的身份證複印件提交給管理辦公室。

In order to 不定詞有『為了進行 - 』的意思，動詞 (B) receive (收) 為正確。
(A) recipient 收件人 (名詞)，(C) receipt 收據 (名詞)。

All applicants wishing to apply for the factory manager position must _____ excellent organizational skills.

(A) precise   (B) possess

(C) concise   (D) access

778
☐ # convert

v. 變換，轉換

n. **conversion** 轉變

We can **convert** U.S. dollars to any currency you need.

我們可以將美元 **兌換** 為您需要的任何貨幣。

779
☐ # aid

v. 幫助，輔助

n. **aid** 援助

A portion of the proceeds from the interest income is used to **aid** orphanages.

利息收入的一部分收益用於 **幫助** 孤兒院。

---

❷ / **(B) possess**

所有希望申請工廠經理職位的申請人必須具備出色的組織能力。

由於 excellent organizational skills（出色的組織管理能力）為受詞，所以意思上最自然的動詞為 (B) possess（具備）。(A) precise 精確的（形容詞），(C) concise 簡潔的（形容詞），(D) access 靠近（動詞）。

銀行

形容詞/
副詞

Author Jason Karl's new book was _____ titled *Why Not Change?* and it will be officially named after reviewing suggestions from readers.

(A) sharply   (B) tentatively

(C) overly   (D) permanently

780

☐ **due**

adj.應得的，預期的

+ **due to** 基於
  due date 截止日期

The loan payment is **due** today.
貸款付款今天 **到期**。

781

☐ **overdue**

adj.過期（未付）的，遲到的，延誤的

= outstanding, delinquent
  為解決的，未盡的

You must pay extra charges for **overdue** loans.
您必須支付 **逾期** 貸款的額外費用。

782

☐ **tentatively**

adv.嘗試的，暫時的

adj. **tentative** 試驗的

Our bank is **tentatively** providing high interest rates.
我們的銀行 **暫時** 提供高利率的利息。

783

☐ **attentive**

adj.注意的，留心的

n. **attention** 注意
v. **attend** 出席，到場

≠ inattentive 不注意的，漫不經心的

Our bank staff is very **attentive** and reliable.
我們的銀行職員非常 **細心** 和可靠。

---

❶ / **(B) tentatively**

作者 Jason Karl 的新書暫定名為 "為什麼不改變？" 並將在檢視讀者的建議後正式命名。

可與 officially 成為對句的副詞為 (B) tentatively（臨時的）。

(A) sharply 銳利地，(C) overly 非常，

(D) permanently 永久地。

2 Our newly acquired restaurant located at Tea Factory Avenue is _____ different from previous ones we have run.

(A) totals　　　　　(B) total

(C) totaled　　　　(D) totally

784
☐ # personal

adj.個人的，私人的

n. **person** 個人
personality 人格
adv. **personally** 親自地

+ personal check 個人支票
personal belongings 個人物品

The **personal** finance center is on the 2nd floor.
個人 理財中心位於二樓。

785
☐ # totally

adv.全部地，完全地

An additional charge is **totally** unreasonable.
額外的費用是 **完全** 不合理的。

---

❷ ／ **(D) totally**

我們新近收購位於茶廠大道的餐廳與我們以前的餐廳完全不同。

be 動詞和主詞補語形容詞間為副詞的位置，所以 (D) totally (完全地) 為正確選項。(A) totals 總額 (名詞)，(B) total 完全地 (形容詞)，(C) totaled 總共 - (動詞)。

1

When you buy or sell a house, it is essential to use a real _____ agent whose expertise of the local market is outstanding.

(A) estate
(B) warehouse
(C) depot
(D) garage

786

☐ **estate**

n. 房地產，地產

+ real estate 房地產經紀人

This **estate** is the property of our company.
這個 **房產** 是屬於我們公司的。

787

☐ **area**

n. 面積，區域

The parking **area** is behind the building.
停車 **區** 位於建築物後面。

788

☐ **vacancy**

n. 空間，茫然若失

Only one **vacancy** is available in this condominium.
這個公寓只剩下一個 **空缺**。

789

☐ **lease**

n. 租契，租約

v. **lease** 出租，租借

This **lease** agreement expires next week.
下星期這個出租 **租約** 即將到期。

---

❶ / (A) estate

當您購買或出售房屋時，採用當地市場卓越的房地產經紀人非常重要。

real estate agent 是有『房地產經紀人』意思的複合名詞。(B) warehouse 倉庫，(C) depot 倉庫，(D) garage 車庫。

2 The _____ at the Sol Apartment Complex are interested in providing much needed services to the community.
(A) residence
(B) residents
(C) resided
(D) resides

---

790 □
residence

n. 居住，居留

n. **resident** 居民
v. **reside** 居住
adj. **residential** 住宅的，適宜作住宅的

This **residence** is not for sale.
這 **住宅** 不出售。

791 □
resident

n. 居民

Residents should follow these guidelines in case of fire.
萬一發生火災，**居民** 應遵守這些指導原則。

792 □
structure

n. 結構，格局

v. **structure** 建構

This **structure** was built 2 years ago.
這個 **建築物** 是 2 年前建造的。

---

❷ / **(B) residents**
索爾公寓大樓的居民想了解為社區提供的急需服務。

需填入成為主詞的名詞，interested（關心的）的主軸需為人物，所以選項 (B) residents（居住者）為正確。
(A) residence 居住地，(C) resided 居住。

This history museum was built in 1992 by the famous
_____ Carls Bergs, who was born in London, England.

(A) tenant　　　　　　　(B) teacher

(C) archaeologist　　　　(D) architect

793

☐ **architect**

　n. 建築師

　n. **architecture** 建築學

This building was built by a famous
architect Gaudi.
這座建築是由著名 **建築師** Gaudi 建造的。

794

☐ **construction**

　n. 建築，結構，施工

adj. **constructive** 構成的

≠ demolition, destruction 破壞
+ under construction 正在施工

During the new cafeteria
construction, a temporary one is
available.
在新的自助餐廳 **施工** 期間，可以使用
臨時餐廳。

795

☐ **contractor**

　n. 承包商

The construction firm hired outside
contractors.
該建築公司聘請了外部 **承包商**。

796

☐ **arrangement**

　n. 整頓，整理

v. **arrange** ，

+ make arrangements to do -
　make arrangements for -

This building **arrangement** was
suggested by residents.
這個建築 **布置** 是由居民提出的建議。

---

❶ / **(D) architect**

這座歷史博物館建於 1992 年，由出生於英
國倫敦的著名建築師 Carls Bergs 創立。

was built (建造) 跟 (D) architect (建築師) 的意思相符。
(A) tenant 租屋者，(B) teacher 老師，(C) archaeologist
考古學家。

You are encouraged to consider all the probable outcomes of _____ before making a final decision.

(A) relocate

(B) relocation

(C) relocated

(D) relocates

797
☐ # renewal

n. 復興，更新

v. **renew** 更新

+ a renewal of urban towns
城鎮的更新

The city council has approved the **renewal** plan.
市議會已批准 **更新** 計劃。

798
☐ # relocation

n. 搬遷

v. **relocate** 調動

City hall's **relocation** is under consideration.
市政廳的 **搬遷** 正在考慮之中。

799
☐ # improvement

n. 起色，改善

v. **improve** 改進
adj. **improved** 已經改善

Home **improvements** are required.
居家 **裝修** 是必需的。

800
☐ # leak

n. 漏洞

v. **leak** 洩漏

The pipe must be inspected regularly for **leaks**.
必須定期檢查管路是否 **洩漏**。

---

❷ / **(B) relocation**

鼓勵您在做出最終決定之前考慮所有可能的搬遷結果。

介系詞後為名詞的位置，選項 (B) relocation (搬遷) 為正確答案。(A) relocate 搬遷 (動詞)。

建築物/
住宅

動詞

①

The city has announced that Samuel Construction would
_____ the historic Sanderson Mansion into a new
housing town.

(A) repay   (B) refer

(C) renovate   (D) recharge

801

☐ # construct

v. 構造，營照

n. **construction** 施工

It is expected to take 2 years to
construct this road.
預計需要 2 年時間來 **建造** 這條道路。

802

☐ # restore

v. 恢復

n. **restoration** 歸還

+ restore A to B 將 A 還原到 B

The old museum has been newly
restored.
舊的博物館已經重新 **修復**。

803

☐ # renovate

v. 修復

n. **renovation** 裝修

= refurbish, remodel 翻新，改裝

The landlord allowed me to
renovate one of the rooms.
房東同意讓我 **翻修** 一間房間。

804

☐ # remodel

v. 改裝

The old house needs to be
remodeled to rent out.
老房子需要 **改造** 才有辦法出租。

解題
Skill

❶ / (C) renovate

該市已經宣布 Samuel Construction 將把歷
史悠久的桑德森大廈改造成一個新的住宅
區。

與 new housing town（新的住宅小鎮）意思相關的動詞
為 (C) renovate（改造）。
(A) repay 償還，(B) refer 參考，(D) recharge 充電。

2 A panel _____ of local residents and it will be discussing the city's plans to build a new city hall.

(A) consisted (B) consisting

(C) consists (D) to be consisted

805
☐ **alter**

v. 改變

n. **alteration** 改照

= change, modify 改變、改造

To **alter** this structure is not allowed.
這種 **改造** 是不允許的。

806
☐ **enlarge**

v. 擴大

n. **enlargement** 發展

The office is under construction to be **enlarged**.
辦公室正在施工 **擴大**。

807
☐ **consist**

v. 組成

+ consist of - 包括

This building **consists** of two shopping malls.
這棟建築物由兩個購物中心所 **組成**。

808
☐ **interfere**

v. 干擾

n. **interference** 干涉

+ interfere with - 被干擾

If nothing **interferes**, the construction will proceed.
如果沒有任何 **干擾**，施工將繼續進行。

---

❷ / **(C) consists**
由當地居民組成的一個小組將討論該市建立新市政廳的計劃。

主語後面是動詞的位置，和介系詞 of 一起使用的動詞是 (C) consists (組成)。

建築物/
住宅

形容詞/
副詞

① I asked my coworker Jim Moon to find a more _____ location for the company's outing to be held next week.

(A) suitable　　　　(B) pleased

(C) distracted　　　(D) excited

809
☐ **empty**

adj. 虛，空洞的

v. **empty** 傾倒，注入

Is there an **empty** room at the villa?
這個別墅還有任何 **空** 房間嗎？

810
☐ **suitable**

adj. 適當的

= appropriate

This house is **suitable** for 5 people.
這間房子 **適合** 5 人 (入住)。

811
☐ **appropriate**

adj. 合適的

adv. **appropriately** 合適的

These chairs are not **appropriate** for this living room.
那些椅子不 **適合** 這間客廳。

812
☐ **adjacent**

adj. 鄰近的

+ adjacent to - 比鄰

I purchased a house **adjacent** to my office.
我在我辦公室 **附近** 買了一間房子。

---

❶ / **(A) suitable**
我請我的同事 Jim Moon 為下週公司的郊遊
尋找更合適的位置。

語順為『冠詞 + 副詞 + 形容詞 + 名詞』，
(B) pleased (高興的)、(C) distracted (散漫的)、
(D) excited (刺激的) 是修飾人物的現在分詞，無法當作
正確答案。(A) suitable (適當的) 是正確答案。

2 The CEO Karl Cho made the start-up investment company
_____ in only 2 years after it opened and expanded
into global markets.

(A) establishing   (B) established

(C) establishes   (D) establish

813

dense

adj. 密集的

n. **density** 稠密
adv. **densely** 濃稠，密集

I don't want to rent a house in a **dense** area.
我不想要在 **擁擠的** 地方租房子。

814

permanent

adj. 永久的

adv. **permanently** 常駐

≠ temporary 臨時的

This rental agreement is not **permanent**.
這個租約協議不是 **永久的**。

815

established

adj. 公認的

n. **establishment** 樹立
v. **establish** 建立

Our apartment complex is **established** with a nice living environment.
我們公寓大樓的良好生活環境是 **公認的**。

816

traditional

adj. 傳統的

The city plans to build a **traditional** town.
城市規劃將建設一個 **傳統的** 城鎮。

---

❷ / **(B) established**
執行長 Karl Cho 在開業並擴展到全球市場後
僅 2 年就成立了創投公司。

『make+ 受詞 + 受詞補語』結構的句型，空格是受詞補
語，因此必須放形容詞。(D)establish 成立 (動詞)。

The residents' association has decided to create flyers of _____ programs and hand them out for free for the city's environmental improvement.

(A) hiking   (B) diet

(C) football   (D) recycling

817

pollutant

n. 汙染物

n. **pollution** 汙染
v. **pollute** 弄髒

A **pollutant** which is not well known is more dangerous.
不知明的 **汙染物** 更危險。

818

emission

n. 排放

v. **emit** 發射

The new **emission** law will be implemented.
新 **排放** 法即將執行。

819

recycling

n. 回收

v. **recycle** 回收

Recycling is strongly recommended.
強烈建議要 **資源回收**。

820

extinction

n. 滅絕

adj. **extinct** 絕種

This bird is in danger of **extinction**.
這種鳥已在 **絕種** 邊緣了。

---

❶ / **(D) recycling**
居民協會決定製作回收計劃的傳單,並為了改善城市的環境而免費提供。

for the city's environmental improvement (為了改善城市的環境) 為正確答案的線索,recycling programs 的意思是『回收計畫』。

2 Due to a serious _____ which lasted for about one month, the agricultural output has considerably declined.

(A) detection   (B) congestion

(C) attention   (D) drought

821
□ # disaster

n. 災害

Recycling can prevent environmental **disaster**.
回收可以預防環境 **災難**。

822
□ # drought

n. 乾旱

Africa is experiencing a severe **drought**.
非洲正在經歷嚴重的 **乾旱**。

823
□ # resource

n. 資源

adj. **resourceful** 機智

Air is a natural **resource**.
空氣是一種自然 **資源**。

---

❷ / **(D) drought**
由於嚴重的干旱持續了大約一個月，農業產量大幅下降。

due to a serious drought (由於嚴重的乾旱) 和 agricultural output (農業收穫量) 連接在一起最為自然。(A) detection 發現，(B) congestion 擁擠，(C) attention 注意。

1 Please double check all the information carefully so as to _____ future delays and inconveniences.

(A) foster

(B) prevent

(C) simplify

(D) promote

824

☐ **preserve**

v. 保留，保護

n. **preservation** 保存
adj. **preserved** 罐頭

The EN Organization's purpose is to **preserve** wild animals.
EN 組織的目的是 保護 野生動物。

825

☐ **prevent**

v. 避免

n. **prevention** 預防
adj. **preventive** 防止

= **avoid** 避免
≠ **allow** 允許

Using public transportation can help **prevent** air pollution.
使用公共交通可以幫助 防止 空氣污染。

826

☐ **dispose**

v. 處理

n. **disposal** 處置
adj. **disposable** 一次性

+ dispose of - 處理

We **dispose** of waste here.
我們在這裡 處理 廢物。

827

☐ **waste**

v. 耗費

n. **waste** 浪費
adj. **wasteful** 奢靡

I think we must not **waste** energy.
我想我們不應該再 浪費 資源了。

---

❶ / **(B) prevent**
請仔細檢查所有信息，以防止將來的延誤和
不便。

due to a serious drought future delays（未來的延遲）
與 inconveniences（不方便）與 (B) prevent（防止）
連接在一起最自然。(A) foster 培育，(C) simplify 簡化，
(D) promote 晉升。

2 It is also vital that we _____ of the waste materials on a regular basis until the project is done.

(A) dispose   (B) sip

(C) sturdy   (D) secure

828
□ # occur

v. 遇見

n. **occurrence** 發生

= **happen** 發生

Environmental pollution **occurs** everywhere.
環境污染無處不在。

829
□ # sigh

v. 嘆息

n. **sigh** 嘆息聲

The environment news I just read made me **sigh**.
我剛才讀到的環境新聞讓我 **感嘆**。

830
□ # owe

v. 虧欠

I don't want to **owe** you any money.
我不想要 **欠** 你任何錢。

---

❷ / **(A) dispose**
在工程完成之前，我們定期處理廢棄物也至關重要。

That 段落的主詞後方是動詞的位置，和介系詞 of 一起使用的是 (A) dispose (處理)。
(B) sip 啜飲 (動詞)，(C) sturdy 強壯的 (形容詞)，
(D) secure 安心的 (形容詞)。

環境

形容詞/
副詞

1

In an effort to preserve the natural environment of the city, the city council announced a new _____ regulation.

(A) environmental

(B) environmentalist

(C) environmentalism

(D) environmentally

831
☐ **environmental**

adj. 環境的

n. **environment** 環境
environmentalist 環保人士
adv. **environmentally** 環保

This study is on the **environmental** impact of pollution.

這項研究是關於 **環境** 污染的影響。

832
☐ **clear**

adj. 明確的，清晰的，透明的

adv. **clear** 乾淨
clearly 清澈

= **obvious** 明顯的

It's not easy to see the **clear** sky due to air pollution.

由於空氣污染，現在要看到 **晴朗的** 天空並不容易。

833
☐ **significant**

adj. 重大的

adv. **significantly** 重要的

There has been **significant** land pollution over the years.

多年來一直有 **嚴重的** 土地污染。

834
☐ **protective**

adj. 保護的

Protective measures on environmental pollution should be taken.

應採取對環境污染的 **防護** 措施。

---

❶ / (A) environmental

為了保護城市的自然環境，市議會宣布了一項新的環境法規。

由於語順是『冠詞＋形容詞＋名詞』，
(A) environmental（環境的）是正確答案。
(B) environmentalist 環境保護主義者，
(C) environmentalism 環境保護主義，
(D) environmentally 環境上。

2 The _____ use of antibiotics began in the 1940s.

(A) few   (B) multiple

(C) widespread   (D) various

835

inclement

adj. 惡劣的

The weather in the Antarctic is **inclement**.
南極的天氣很 **惡劣**。

836

wasteful

adj. 浪費的

v. **waste** 白費，虛度

Using too much water is **wasteful**.
使用太多的水是 **浪費的**。

837

endangered

adj. 瀕危的

v. **endanger** 危害

= **threatened** 受威脅

Endangered animals are protected here.
瀕臨滅絕的 動物在這裡受到保護。

838

widespread

adj. 廣泛的

There was **widespread** support for this environmental campaign.
這場環保活動得到了 **廣泛的** 支持。

---

❷ / **(C) widespread**
抗生素的廣泛使用始於 20 世紀 40 年代。

定冠詞與名詞之間是形容詞的位置。(A) few (些許的)，
(B) multiple (多的)，(D) various (各式各樣的) 是後面
必須放複數名詞的形容詞，無法成為正確答案。
(C) widespread (廣範圍的) 是正確答案。

If you get easily tired for no reason, it can be a _____ of an illness.

(A) agreement   (B) symptom

(C) emission   (D) strategy

839
☐ # symptom

n. 症狀

High blood pressure shows no **symptoms**.
高血壓沒有 **症狀**。

840
☐ # checkup

n. 檢查

You should get a **checkup** regularly.
你應該定期檢查身體。

841
☐ # treatment

n. 治療，對待，處理，待遇

v. **treat** 對待

Dental **treatments** are very costly.
牙科 **治療** 費用非常昂貴。

842
☐ # care

n. 關心

v. **care** 關照

+ care for 關心於

The hospital is known for the high-quality patient **care**.
該醫院以高品質的病人 **照護** 而聞名。

---

❶ / (B) symptom

如果你無緣無故容易疲倦，它可能是一種疾病的症狀。

symptom of illness 的意思是『病狀』。
(A) agreement 同意，(C) emission 排放，
(D) strategy 戰略。

2 Customers needing special _____ to protect their personal information simply call us at 222-9898.

(A) carefully
(B) careful
(C) cared
(D) care

843
☐ # operation

n. 手術

v. **operate** 操作

Before an **operation**, drinking water is not allowed.
手術 前不允許飲用水。

844
☐ # recovery

n. 復甦

v. **recover** 恢復

For the rapid **recovery**, you must sleep well.
為了快速 **恢復**，你必須睡得好。

---

❷ / **(D) care**
需要特別注意保護個人資訊的客戶只需致電
222-9898 即可。

這是受形容詞 special 修飾的名詞的位置。
(A) carefully 小心翼翼 (副詞)，
(B) careful 注意的 (形容詞)。

健康

動詞

1 In an effort to _____ the unnecessary administration procedures, the management will announce a new improved innovation plan.

(A) eliminate

(B) denounce

(C) renounce

(D) develop

845

diagnose

v. 診斷，確診

n. **diagnosis** 診斷

This disease can be easily **diagnosed**.

這種疾病很容易 **確診**。

846

eliminate

v. 消除

n. **elimination** 排斥
= get rid of, remove 移除

Cancer cells are not readily **eliminated**.

癌細胞不容易 **消除**。

847

consider

v. 思量

n. **consideration** 考慮
adj. **considerate** 周到

You'd better **consider** LASIK eye surgery.

你最好 **考慮** LASIK 眼科手術。

848

undergo

v. 經歷

+ undergo extensive training
接受廣泛的培訓
undergo improvement 經過改進
undergo construction /
renovations 進行施工 / 裝修

Those not **undergoing** treatment for diabetes can take this medicine.

那些沒有 **接受** 糖尿病治療的人可以服用這種藥物。

---

1 / (A) eliminate

為了廢除不必要的管理程序，管理層將宣布一項新的改進創新計劃。

最適合和受詞 unnecessary administration procedures (不必要的行政程序) 連接的動詞是 (A) eliminate (清除)。(B) denounce 譴責， (C) renounce 放棄，(D) develop 發達。

2 The value of the U.S. dollar can continuously decline if the American economy does not _____ a dramatic reversal.

(A) underwent　　(B) undergoes

(C) undergone　　(D) undergo

---

⁸⁴⁹ ☐

transmit

v. 發送，傳播，傳染

n. **transmission** 傳輸

This flu is **transmitted** from birds.
這種流感是從鳥類 **傳播** 而來。

⁸⁵⁰ ☐

recover

v. 恢復

n. **recovery** 復甦

+ recover from 從…恢復

I am still **recovering** from my appendectomy.
我還在闌尾切除術 **恢復中**。

---

❷ / (D) undergo

如果美國經濟沒有經歷劇烈的逆轉，美元的
價值會繼續下降。

由於助動詞 does 後面必須放動詞原形，
(D) undergo（經歷）是正確答案。

25 天搞定 NEW TOEIC 新制多益的 850 個核心單字

作　　者：崔善鎬 / 朴松賢
譯　　者：曾詩玉(英) / 林建豪(Bryan 韓)
企劃編輯：溫珮妤
文字編輯：詹祐甯
設計裝幀：張寶莉
發 行 人：廖文良

發 行 所：碁峰資訊股份有限公司
地　　址：台北市南港區三重路 66 號 7 樓之 6
電　　話：(02)2788-2408
傳　　真：(02)8192-4433
網　　站：www.gotop.com.tw
書　　號：ARE002000
版　　次：2018 年 11 月初版
建議售價：NT$299

國家圖書館出版品預行編目資料

　　25 天搞定 NEW TOEIC 新制多益的 850 個核心單字 / 崔善鎬, 朴松賢原著；曾詩玉, 林建豪譯. -- 初版. -- 臺北市：碁峰資訊, 2018.11
　　　面； 公分
　　ISBN 978-986-476-979-7(平裝)
　　1.多益測驗　2.詞彙
805.1895　　　　　　　　　　　　　　107019520

讀者服務

- 感謝您購買碁峰圖書，如果您對本書的內容或表達上有不清楚的地方或其他建議，請至碁峰網站：「聯絡我們」\「圖書問題」留下您所購買之書籍及問題。(請註明購買書籍之書號及書名，以及問題頁數，以便能儘快為您處理)
http://www.gotop.com.tw

- 售後服務僅限書籍本身內容，若是軟、硬體問題，請您直接與軟、硬體廠商聯絡。

- 若於購買書籍後發現有破損、缺頁、裝訂錯誤之問題，請直接將書寄回更換，並註明您的姓名、連絡電話及地址，將有專人與您連絡補寄商品。